古典詩歌研究彙刊

第二二輯

龔鵬程 主編

第 8 冊

李廌《濟南集》詩作意象與語言特色研究

葉宛筠 著

國家圖書館出版品預行編目資料

李廌《濟南集》詩作意象與語言特色研究／葉宛筠 著 — 初版
— 新北市：花木蘭文化事業有限公司，2017〔民106〕
目 2+140 面；17×24 公分
（古典詩歌研究彙刊 第二二輯；第 8 冊）
ISBN 978-986-485-119-5（精裝）
1.（宋）李廌 2. 宋詩 3. 詩評

820.91　　106013428

古典詩歌研究彙刊
第二二輯　第 八 冊　　ISBN：978-986-485-119-5

李廌《濟南集》詩作意象與語言特色研究

作　　者　葉宛筠
主　　編　龔鵬程
總 編 輯　杜潔祥
副總編輯　楊嘉樂
編　　輯　許郁翎、王筑　美術編輯　陳逸婷
出　　版　花木蘭文化事業有限公司
社　　長　高小娟
聯絡地址　235 新北市中和區中安街七二號十三樓
　　　　　電話：02-2923-1455／傳眞：02-2923-1452
網　　址　http://www.huamulan.tw 信箱 hml 810518@gmail.com
印　　刷　普羅文化出版廣告事業
初　　版　2017 年 9 月
全書字數　95748 字
定　　價　第二二輯共 14 冊（精裝）新台幣 22,000 元　

李廌《濟南集》詩作意象與語言特色研究

葉宛筠 著

作者簡介

葉宛筠，1983 年生於台中市，因爲熱愛中國文學，所以在五專應用外語系畢業之後，毅然地選擇插大轉學考；大學時期，亦對台灣歷史感到興趣，於是雙主修台灣文學系，並於 2008 年畢業於靜宜大學中國文學系及台灣文學系。在旺盛的求知慾之下，於是又投身進入漢學領域，2012 年畢業於國立雲林科技大學漢學資料整理研究所。

提　要

本文以李廌《濟南集》中之詩歌爲研究範疇，共四卷的探究文本。試圖藉由研究蘇門六君子之一的李廌的作品，冀望能探索出其詩作的創作意涵變化、所包含的意象隱喻，以及獨特愛國情操、濃烈個人特色與各時期的思想轉變過程。

內容論述《濟南集》中的詩作意象與語言特色，先從生平及時代背景所造成的影響層面去剖析，再從其詩作中的所呈現的思想中歸納出，其包含了士人精神、追求自由、愛國及歸隱等思想脈絡。在《濟南集》中詩作可歸納出的美學，以寫意和寫景來區分，其寫意部分爲書信詩、緬懷先人；寫景部分爲山水風景、古剎庭院、詠物詩，然其詩作中運用了大量的色彩鋪成營造出詩中有畫的意境，進而探析其語言特色。

將從詩作中，歸納出李廌美學；並且分類爲寫意、寫景，進而在細分出詩作中，李廌是藉由何種物象來表達其心中的意象。而語言特色的探究，是從大面向作切入點，可歸納出三個特色——類疊、引用及色彩鋪成。在人生際遇上，由於李廌有別於其他六君子的遭遇，導致有別於當時文人的思想風格，亦可從李廌的觀點面向去窺探北宋的政治、社會、士人風氣等部分面貌及創作風格。

目次

第壹章　緒　論 …… 1
第一節　研究動機與目的 …… 1
第二節　研究方法與步驟 …… 6
一、研究方法 …… 6
二、研究步驟 …… 8
第三節　前人研究成果探討 …… 9
一、學位論文 …… 10
二、期刊論文 …… 12
第四節　結語 …… 15
第貳章　李廌生平及時代背景 …… 17
第一節　生平背景 …… 17
第二節　與蘇軾之關係 …… 21
一、交往狀況 …… 21
二、李廌仕途情況 …… 24
三、李廌與蘇軾學術來往情況 …… 30
四、師承脈絡 …… 33
五、版本源流考 …… 36
第三節　李廌的士人精神 …… 38

第四節　時代思想……41
第五節　結語……45
第參章　李𪹫《濟南集》詩作中的思想……47
第一節　「儒之德」——士人思想……53
第二節　愛國思想……55
第三節　「道」——追求自由思想……59
第四節　歸隱思想……61
第五節　結語……66
第肆章　《濟南集》詩作中之「意象」……69
第一節　「意象」的定義……69
一、宋代「意象」說……72
第二節　李𪹫美學……75
一、寫意……75
二、寫景……87
第三節　結語……105
第伍章　語言特色……107
第一節　類疊……108
第二節　引用……113
第三節　詩中有畫——色彩鋪陳……119
第四節　結語……121
第陸章　結　論……123
參考文獻……127
附　錄……133

第壹章　緒　論

第一節　研究動機與目的

在中國文學史上，唐宋時期之文學創作，一直都是受矚目的焦點。在詩作方面，有著「尊唐卑宋」的觀念，亦以唐詩、宋詩來區分其一代文學的文體代表。詩進入唐代之後，正式邁入黃金時代與巔峰狀態，有別於古至今，相形比較之下，實難於超越，以因此皆視唐詩爲標準，於是導致如今的爭論的場面發生，其因史於：

> 繼唐之後的宋詩，在創作上有了很好的成績，由黃山谷主導的江西詩派，形成了詩學和詩派的主流，因而引發了唐詩、宋詩之爭，不但涉及論詩、學詩，而且是朱非素，形成了門户之見，甚至意氣之爭，至今紛呶未已。……即以宋詩的代表人物而論，如蘇東坡、黃山谷，亦無不學杜甫、甚至學白居易、韓愈。即形成宋詩的內容和風格而言，亦共認係受唐人的影響和唐詩的「逗漏」。〔註1〕

詩分爲唐宋之別，其因起於學詩，宋繼唐之後，唐詩的優越性以及領會性最深，亦學習最切入，宋人無一不學唐，然其才性之相近，作詩之態度亦相同。〔註2〕其實，宋詩的卓越表現備受肯定，是以「以文爲詩，以賦爲詩，以議論爲詩」爲學界普遍的評斷，由此可見宋詩自

〔註1〕杜松柏：《詩與詩學》（臺北：洙泗出版社，1991年），頁46。

〔註2〕參見杜松柏：《詩與詩學》（臺北：洙泗出版社，1991年），頁47～48。

創特色，地位不亞於唐詩。可從張高評《宋詩之新變與代雄》一書中得知：

> 宋詩能與唐詩相抗衡，其關鍵不在優劣高下之比較，而在於體格性分之殊異。……宋詩是唐詩勢均力敵的好對手！旗鼓相當，爭論才永遠這樣難解難分。……宋代文化的特質之一，是重視不同領域、不同科間的整合融會。〔註3〕

且唐詩或宋詩是無法比較其好壞優劣的高低，基本上兩者是不同的文學體格，因時代、環境和文學的轉變而有所異同，更何況宋詩特質是在於重視各領域的發展及整合融會，和真實反映當時社會型態，是有別於各朝代的獨特發展。愛好者當以擁其所好，欣賞爲之，勿有爭論之比較。然宋可分爲兩個階段，北宋（960～1127）和南宋（1127～1279）〔註4〕，共計三百二十年，其國祚之長，是個承先啓後並具有其獨特鮮明風貌的一個年代。於袁枚〈答沈大伯論詩書〉中曾曰：

> 唐人學漢魏，變漢魏；宋學唐，變唐。……變也；使不變，不足以爲唐，亦不足以爲宋也。〔註5〕

唐詩之所以會繁盛乃是因「學漢魏，變魏漢」而來，而後才逐漸變爲唐詩的獨特風格，歷來創作的演變皆由模仿開始，故宋詩學唐爲文學創新的必經途徑——模仿、創新，最終以變唐爲目的，因其新變所長而蔚爲代雄。又錢鍾書曾言：

> 唐詩、宋詩，亦非僅朝代之別，乃體格性分之殊。天下有兩種人，斯分兩種詩。唐詩多以丰神情韻擅長，宋詩以筋骨思理見勝。〔註6〕

〔註3〕張高評：《宋詩之新變與代雄》（台北：洪葉文化，1995年），頁368～370。

〔註4〕孫望、常國武主編：《宋代文學史》（北京：人民文學出版社，2006年），頁1。

〔註5〕張高評：《宋詩之新變與代雄》（台北：洪葉文化，1995年），自序頁5。

〔註6〕張高評：《宋詩之新變與代雄》（台北：洪葉文化，1995年），自序頁3。

若說唐詩是感性抒發的代表，那麼宋詩就是理性思辨的象徵。唐詩尚意興，宋詩學古通變；兩者的文學特色，在文學上各據一方，不該分辨唐宋詩之文學高低，而是站在讚嘆的角度去欣賞文學時代的創新與變遷。據齊治平《唐宋詩之爭概述》的研究指出：

> 論詩之士，好尚不同，各持所見，而唐宋詩之爭以起，自南宋以迄近代，歷時八百年之久，實文學批評史上一大公案，學詩談藝者不容不注意及此也。〔註 7〕

唐宋詩之爭，雖經歷了八百年之久，擁護之士各持不同見解，但最後陳寅恪於《陳寅恪先生文集》一文中下了此定論：

> 華夏民族之文化，歷數千載之演進，而造就於趙宋之世。〔註 8〕

可知，經歷過數千年的演進之後，兩宋的文學領域，不論是物質或精神上，都具有十分豐沛的文化高度，使得宋詩有別於唐詩並獨具其鮮明特色，具有文化水準高發展的宋代會讓士大夫產生強烈的精神自覺，其主要原因與宋室種種的禮讓政策——重文棄武。北宋開國以來，右文崇儒，投入科舉取士的人數遽增，又加上當時國家處於內憂外患，迫使宋代文人需要面對有關現實問題的考量——國家社稷興亡。於是不僅其詩歌創作有其特殊的藝術風貌，亦能反映出宋人獨特的文化特色，以及充分體現的生命情調，進而呈現出強烈的現實關懷。

根據目前初步估算，現存可考證且作品已印刷出版的宋詩作者數目已逾萬人，作品數量約超過《全唐詩》四、五倍〔註 9〕，又據清人厲鶚《宋詩紀事》所錄詩人，「凡三千八百一十二家」〔註 10〕，及陸心源《宋詩紀事補遺》一書中又「增多三千餘家」〔註 11〕，然

〔註 7〕齊治平：《唐宋詩之爭概述》（長沙：嶽麓書社，1984 年），頁 2。
〔註 8〕陳寅恪：《陳寅恪先生文集》（臺北：里仁書局，1982 年），頁 245。
〔註 9〕孫望、常國武主編：《宋代文學史》（北京：人民文學出版社，2006 年），頁 12。
〔註 10〕【清】厲鶚：《宋詩紀事・序》（台北：鼎文，1971 年），頁 8。
〔註 11〕【清】陸心源：《宋詩紀事遺補・凡例》（台北：鼎文，1971 年），頁 13。

近年大陸北京大學所編《全宋詩》，詩人之數更逾九千家。〔註 12〕依據上述的資料來看，遠比《全唐詩》所錄「凡二千二百餘人」多出甚多〔註 13〕，其創作量之龐大，令人驚歎，可見宋詩是能與唐詩分庭抗禮。於張高評《宋詩之新變與代雄》中評論過宋詩的價值：

> 宋詩的最大價值，在於跟唐詩有不同的神貌，這就是它的詩史地位。這種新變，實源於宋代詩人的自覺：自我省察必須如此，方能於璀璨的唐詩之後有所生存與發展，形成宋詩的本色。……宋人自覺的表現有六大方面：一、破體出位，注重整合；二、翻轉變異，強調推陳出新；三、轉益多師，題材拓展廣傳；四、深造有得，內容體現深遠；五、精益求精，努力技法洗鍊；六、別材創獲，期於自成一家……既不同於明詩的「相似而僞」，又與唐詩「相異而眞」。唐宋詩特色所以相殊異。〔註 14〕

宋詩的文學特質之一，就是反映出作者自省自覺的情感流露；貼切的符合宋代是個繁華卻又內部動盪不安的時代。處於動盪不安時代，身爲同是「蘇門六君子」〔註 15〕之一的李廌，相較於其他六君子較不被文學界所重視，或許是因爲他是唯一仍是布衣的六君子的其中一員。亦因此在文學或政治的洪流中，其所受到的牽絆就少於其他人，亦非直接受到波及，促使其文學創作以思想脈絡較有別於他人。就目前相關的研究成果，大多仍在其詩歌、文學思想及宋代文人思想的研究層

〔註 12〕傅璇琮：《全宋詩・編纂説明》（北京：北京大學古文獻研究所，1991 年），頁 10。

〔註 13〕【清】愛新覺羅玄燁：《御定全唐詩・序》收錄於《文淵閣四庫全書電子版》（香港：迪志文化，2006 年），頁 2。

〔註 14〕張高評：《宋詩之新變與代雄》（台北：洪葉文化，1995 年），頁 1～2。

〔註 15〕【南宋】陳亮：《蘇門六君子文萃》一書收錄於王雲五主編：《四庫全書總目》卷一八七，（上海市：商務，2002 年），頁 2626。：「《宋史》稱黃庭堅、張耒、晁補之、秦觀爲蘇門四學士，而此益以陳師道、李廌稱蘇門六君子者，蓋陳李雖與蘇軾交甚晚，而師道則以軾薦起官，廌亦以文章見知於軾，故以類附之也。」

面上。經歸納後，發現其詩作創作師承蘇軾之議論風格，並且其用詞遣字都蘊含了大量的個人風格，於是，此爲筆者所欲處理的面向。再者，蘇門各弟子都在朝中身兼要職的情況之下，而李廌一生終爲布衣。雖未涉於官場之中，卻是個滿腔熱血的關懷國家的文人，其無處發洩的滿腔熱情皆在作品中表露無遺，舉凡微妙的情感變化、思想轉變及文學主張，都可以從作品中一探究之，此外，另外關於文學主張與詩友互動的相關資訊可從《師友談記》〔註16〕一書得知，而其《德隅齋畫品》〔註17〕爲對於畫作的評論與感想之作。以上三本作品爲李廌現存的作品，本編擬以《濟南集》爲主要研究的範圍，分析李廌詩作意象與語言特色，而其餘兩本爲輔助了解李廌思想與交友情況之參考。在台灣的文學研究之中，大多只是將李廌歸納於蘇氏門人之下的相關研究範疇。實際上，由於李廌有別於其他六君子的遭遇，因而可以從李廌個身爲布衣面向去窺探北宋的政治、社會、士人風氣等部分面貌及創作風格。

本文以北宋後期的文人「蘇門六君子」之一的李廌爲研究目標，因贄文求教，軾謂其筆墨瀾翻，有飛沙走石之勢，頗爲愛賞，被譽爲有「萬人敵」之才，許爲「張耒、秦觀之流也」〔註18〕，四庫館臣給予李廌的評價：「在元祐諸人盡罹貶斥之後，交出神契，非以勢利相攀。且以潦倒場屋之人，於新經義盛行之時，曲附其說，即可立致柯地，而獨裁排斥笑謔之語，不肯少遜，窮視其所不爲，亦可謂介然有守矣。〔註19〕」而後師承蘇軾，而晉升爲六君子之一，卻不似黃庭堅、秦觀、張耒等人，大爲後人所提及或研究，在以往的學術研究範圍裡，

〔註16〕【宋】李廌撰：孔凡禮點校：《師友談記》（北京：中華書局，2002年）。

〔註17〕【宋】李廌撰：《德隅齋畫品》收編於《文津閣四庫全書》卷第二六九冊子部（北京：商務印書館，2005年）。

〔註18〕張高評：《宋代詩派敘錄》（國立成功大學中文系：行政院國家科學委員會專題研究計畫成果，1993年），頁23。

〔註19〕【宋】李廌撰、孔凡禮點校：《師友談記》（北京：中華書局，2002年），頁51。

主要多針對蘇軾和「蘇門六君子」等成員相關的詩、詞、散文以及政治活動的研究探討。故此論文擬以李廌《濟南集》爲主要範圍，研究其詩歌的創作思想、意象以及語言特色。然蘇軾、李之儀都曾讚言李廌文才之豪放，卻可惜時運不濟，每每與科舉擦身而過；當時被世人所認爲有其才情之人、愛國雄心壯志之人，爲北宋文學史上注入另一個面向的創作。

第二節　研究方法與步驟

一、研究方法

《濟南集》是匯集詩、詞、文三種文體俱工的作品，而在詩歌方面是以山水、行旅、寄贈、題畫爲主要內容，在張高評《宋代詩派敘錄》中記載爲現共存四百二十五首〔註20〕，其詩風雄健奇麗，頗有東坡之餘風，並稱李廌的七古之作，以感慨淋漓、婉暢曲折爲其特色，爲蘇門詩人中極具個人風格之詩人。李之儀〔註21〕稱其「如大川東注，晝夜不息，不至於海不止。〔註22〕」，則蘇軾在〈答李方叔書〉中讚其「詞氣卓越，意趣不凡〔註23〕」，又《四庫全書總目》卷一五四「條達疏暢，議論奇偉，成就略可與秦觀、張耒比肩。〔註24〕」並從部分詩作中，可以看出李廌有志進取，喜好論兵。在早期詩作中激揚昂奮，有著不甘以文人自喻的豪俠氣概。廌好評畫，元符間，結識

〔註20〕張高評：《宋代詩派敘錄》（國立成功大學中文系：行政院國家科學委員會專題研究計畫成果，1993年），頁23。

〔註21〕李之儀（1035年－1117年），北宋詞人。滄州無棣（今山東無棣）人。字端淑，號「姑溪居士」。

〔註22〕《四庫全書》出版工作委員會編：《文津閣四庫全書提要匯編》集部三（北京：商務印書館，2006年），頁187。

〔註23〕【宋】蘇軾撰、孔禮凡點校：〈答李方叔書〉，《蘇軾文集》第四冊（北京：中華書局，1996年），頁1431。

〔註24〕【宋】李廌《濟南集》八卷，收錄於《欽定四庫全書・集部三・提要》（台北：商務印書館，1975年），頁1。

趙德麟，趙德麟經常展示所藏書畫共同鑒賞，廌時有評論之，集其所記，成《德隅齋畫品》。而《詩友談記》〔註 25〕則爲記錄了元祐期間（西元 1087～1094 年），李廌師友之間的交遊酬唱；而《德隅齋畫品》則爲李廌對藝術的鑒賞能力和深厚的理論功力的呈現，亦是一個從側面反映出宋代文人畫論的發展。以上三部作品的研究，可以更完整的剖析李廌的創作，對其生平、心境都可以有更全面性的理解探討。

不同於以往研究素材多以爲官者的觀點，本編試圖從不同身分的士人——李廌作品爲研究方向，冀望能窺探北宋文人思想感情的另一個面向。從統計《濟南集》四卷中詩的詩作意象，將會歸類出屬於李廌個人的詩作意象，從《濟南集》中寫意、寫景的的詩作中去探究，以及語言特色的探索。因此，本研究所採用之研究方法有歷史研究法、文獻分析法、意義詮釋法及歸納法等，茲分述之。

（一）歷史研究法

所謂歷史研究法是指有系統的蒐集及客觀的評鑑與過去發生之事件有關的資料，以考究那些事件的因、果或趨勢，並提出準確的描述與解釋，進而有助於解釋現況以及預測未來的一種歷程。本研究欲著眼於歷史角度，歸納以往有關李廌《濟南集》的研究文獻，並分析其研究的成果與不足之處，以作爲本研究的基礎。

（二）文獻分析法

所謂文獻分析法是指對古籍、經典、專書、傳記做訓詁考據等探討，本研究將針對李廌《濟南集》及相關議題之各種文本做完整的蒐羅，並發掘值得探討之議題，仔細分析探討，同時借用比較參照之方法，瞭解所探討之議題在時代中的意義。

〔註 25〕【宋】李廌撰：孔凡禮點校：《師友談記》（北京：中華書局，2002 年），頁 6。：「……，第一，本書始撰於元祐八年（西元 1095 年），完成於同年；第二，作者隨時把所見、所聞、所想記下來，根據作者提到的明確月日或明確可考月日，……大致上可以確定每則或每若干則的記敘時間，從而說明本書是實錄。」

（三）意義詮釋法

所謂意義詮釋法是指針對某項研究主題依歷史發展、內在意涵、時代意義等邏輯次序之敘述〔註 26〕，本研究將針對李廌《濟南集》中的作品詳加研究，配合外圍因素，探究其核心觀點及附屬理論，並探討其時代與士人思想轉變之意義。

（四）歸納法

所謂歸納法，是由許多具體事實概括出一般原理的方法〔註 27〕，也就是指由觀察許多現象而把結果進行綜合，試圖找出一個定則，來解釋想要解釋的物件。雖然經由歸納法推論出的結果不見得十分精確，或適合於所有條件，然藉由整理文本、統計詩作主題、題材去歸納出李廌生平、詩作全貌以及所反映的思想型態，還是有一定的可信度及參考價值。

二、研究步驟

本文論述李廌《濟南集》中詩作意象與語言特色，從生平及時代背景去剖析，其詩作中的思想，包含了士人精神、追求自由思想、愛國思想、歸隱思想。從歸納出《濟南集》中詩作的美學，爲寫意部分的書信詩、緬懷先人及寫景部分的遊歷詩、名勝古剎庭院、詠物詩（竹、菊、黃楊、檜、柏、松），以及色彩鋪成的運用，進而探析其語言特色。

本文第貳章，擬藉由歷史分析法分析其時代背景，並依其生平、交友及文化三個層面探討李廌的主要思想，以及考據前人研究的版本源流。

第參章是從詩作中歸納、分析李廌的詩作思想——儒、道思想，李廌如何在此二家思想當中，不斷地轉化以及逐漸思想成長的過程。

〔註 26〕見於鄔昆如：《人生哲學》（台北：五南圖書出版有限公司，1987 年）。
〔註 27〕羅竹風：《漢語大詞典》（台北：東華書局股份有限公司，1997 年），冊 5，頁 374。

而第肆章藉由《濟南集》一書中的論文所要研究的主題材料——意象，將從詩作中，歸納出李廌美學；並且分類爲寫意、寫景，進而在細分出詩作中，李廌是藉由何種物象來表達其心中的意象。

第伍章爲《濟南集》中的語言特色，從大面向作切入點——類疊、引用及色彩鋪成。最後歸結出李廌在《濟南集》中所呈現的詩作意象、思想轉變及語言特色，以上爲此論的研究步驟。

第三節　前人研究成果探討

針對李廌《濟南集》的相關研究，目前在國內尚無以李廌爲主體的學術論文，多數附屬於蘇軾、北宋士人或是政治等相關研究之中。

在資料收集中，得知目前已有四篇大陸碩士論文研究李廌《濟南集》的相關學術論文。一、陳云芊《李廌研究》〔註 28〕探究李廌的生平經歷、學術地位、詩歌藝術特色的探究。二、蔡曉莉《論李廌詩歌中的士人精神》〔註 29〕探考其詩歌作品當中，體現出士人精神就是中國古代士人們，在人生價值上實踐「內聖外王」的理想與宋代社會士人在人生、政治上出入進退的典型寫照。三、曹麗《李廌研究》〔註 30〕文中則是以其生平考究爲基礎，探索李廌的主要人生階段及其思想，同時也發現李廌有自己的散文創作理論和風格，對宋代文學尤其是散文的發展也起到一定的推動的作用，也與蘇門諸人一起影響了後世散文創作。四、任美林《李（廌）及《濟南集》研究》〔註 31〕探考李廌的祖籍、世系以及《濟南集》版本的研究，是本文的文獻考證部份。目的在澄清文獻資料中對於李廌祖籍、世系的各種說法，以求「知人論世」。第二部份對其詩、文的研究。在《師友談記》反映了元祐時期李廌與蘇門師友往來的盛況；以及《德隅齋畫品》是他畫論思想的

〔註 28〕陳云芊：《李廌研究》（南充：西華師範大學，2005 年）。
〔註 29〕蔡曉莉：《論李廌詩歌中的士人精神》（寧夏：寧夏大學，2006 年）。
〔註 30〕曹麗：《李廌研究》（浙江：浙江大學，2007 年）。
〔註 31〕任美林：《李（廌）及《濟南集》研究》（陝西：西北大學，2009 年）。

表達，也是宋代文人畫論思想的體現。全文使用文學與文獻結合的研究方法，對李廌作整體的研究觀照。

則環顧臺灣，對於李廌的相關研究討論的論文，目前都只將他納入北宋政治、蘇軾門人及士人風氣、精神等研究的佐證之途。又根據筆者目前所蒐集到的學位論文，多爲大陸學者所發表的學位論文四篇；期刊論文四篇；台灣期刊論文爲二篇，總計十篇，依照研究出版年代論述如下，藉以瞭解歷年來研究的成果和脈絡。

一、學位論文

陳云芊：《李廌研究》論文內容分爲三個部分探究。一、李廌的家世、生平、族籍、交遊和科舉經歷，尚有很多模糊之處。筆者將在之後會進行考證，並彙整出李廌在不同時期的經歷和思想脈絡。二、針對李廌以文章出名，卻一直沒受到學術界的重視，於是詳細的分析和評價《濟南集》；至於《師友談記》和《德隅齋畫品》則簡單介紹，就其賦、其文有著深度的分析李廌的創作思想，透析其愛國思維、爲人處世的性格。最後對蘇軾、李廌文章的一些異同之處進行比較和分析。三、透過詳細分析李廌在詩歌創作背景的基礎上，對《濟南集》中所有詩作的思想內容進行歸類分析，並且歸納出李廌詩歌的藝術特色。〔註32〕

蔡曉莉：《論李廌詩歌中的士人精神》一文中，分析宋代士人精神是必然受到文化和政治的雙重影響，詳細的條列出李廌二次科舉不第，而後終其一生在文學上實踐他「忠義剛正」的道德精神，雖終身無緣於官場，但卻始終懷著「身遊江湖，心存魏闕」的淑世精神。他也關注民生，尤其可貴的是女性命運的深切關注。常不忘「以天下爲己任」的人生目標，汲汲以求科舉功名，但事與願違。最後，以老莊思想消解自我苦悶憂傷，最終達到了過往自我的超越，具備了清曠的自我超越精神。李廌的詩歌當中，充分的表現出傳統儒家和道家文化的深刻影響，其儒家文化是培養了士人道德品格、憂患意識和積極進

〔註32〕陳云芊：《李廌研究》（南充：西華師範大學，2005年）。

取的精神，而在道家文化的影響之下，使得士人在遭受政治挫折後，得以有其他道路，追尋著「逍遙」的自在超脫精神。在當時高度集權與文官政治的影響下，給北宋帶來嚴重的弊端與危機，社會政治的危機之下，促成北宋三次政治革新和儒家的復興。所以宋代士人的精神也具有不同於前人的新內容特徵表現爲：以忠君節義和獨立人格爲主要內容的道德意識；進退皆憂、關心民生、抗禦外侮的入世精神和曠達的自我超越精神。雖不是政治革新的先鋒或是文化運動的領袖，但時代政治的變革與文化思想的發展，依然對他這個布衣產生了深刻的影響，並在詩歌作品當中，體現出士人精神就是中國古代士人們，在人生價值上實踐「內聖外王」的理想與宋代士人在人生、政治上出入進退的典型寫照。〔註33〕

曹麗：《李廌研究》一文中，提出李廌爲北宋文人，蘇門六君子之一，才華洋溢，名冠當時，卻終生不第，飄然布衣。胸有經世之策，少時汲汲於功名，而中年即絕意進取，歸耕穎川，文中從生平考訂的基礎上把握李廌的主要人生階段及其思想，故能更精準地了解李廌的人生經驗和社會活動對其作品產生的影響；其次亦從「蘇門六君子」之間的互動，而能更深入理解「蘇門六君子」這個團體的特徵以及稱謂的由來。最後，對李廌的詩文創作進行有系統的比較研究，力圖對其作品有全面的認識。同時也發現李廌有自己的散文創作理論和風格，對宋代文學尤其是散文的發展也起到一定的推動的作用，也與蘇門諸人一起影響了後世散文創作。〔註34〕

任美林：《李（廌）及《濟南集》研究》全文分兩部分——對李廌祖籍、世系以及《濟南集》版本的研究是本文的文獻考證部份。目的在澄清文獻資料中對於李廌祖籍、世系的各種說法，以求「知人論世」。第二部份對其詩、文的研究。《師友談記》反映了元祐時期李廌與蘇門師友往來的盛況；《德隅齋畫品》是他畫論思想的表達，也是

〔註33〕蔡曉莉：《論李廌詩歌中的士人精神》（寧夏：寧夏大學，2006年）。
〔註34〕曹麗：《李廌研究》（浙江：浙江大學，2007年）。

宋代文人畫論思想的體現。全文使用文學與文獻結合的研究方法，對李廌作整體的研究觀照。〔註 35〕

二、期刊論文

趙國蓉：〈蘇軾與李廌關係考〉一文，此文就兩人交往之經過，依時間之先後，加以闡釋說明，以期使兩人之關係能有具體與完整之呈現。總結於李廌與蘇軾於元豐四年之前即相識，然黃州之行是初次攜文拜見，之後兩人來往之記載中，蘇軾對李廌總是流露出關懷和期許之心。而李廌亦是表現出敬重長輩與師長之情，和一些忘年的朋友之交。故李廌於蘇軾逝世之後，其文章及詩作中仍充分流露出悼念與感懷之情。〔註 36〕

楊勝寬：〈君子之人，相勉於道——論蘇軾與李廌的二十年師友情〉一文中，分爲三個部份去分析李廌與蘇軾二十年師友之情的關係。一、立身之道：名副其實——爲人之道，必先有道德，事功之實，才能有名；實至名隨，非力能致；名實相符的人，必不被埋沒，爲世所用，蘇軾的爲人之道是追求名實相符的觀點。二、在人生的十字路口：痛苦與抉擇——對於李廌與蘇軾在李廌兩次科舉落第之後的想法與心情做了解釋。三、不有益於今，必有覺於後——《詩友談記》證實了李廌與蘇軾及蘇門弟子的密切交往，另一方面證明了李廌十分重視這種交往，特別是對蘇軾極爲敬仰。於是筆者在文中嘆息，如李廌這般有才學之人，仍一生波折，不過也因此促使李廌在文學創作上有著令人肯定的成就。〔註 37〕

錢健狀：〈蘇軾元祐三年科場舞弊——兼論李廌落第原因〉此期

〔註 35〕任美林：《李（廌）及《濟南集》研究》（陝西：西北大學，2009 年）。

〔註 36〕趙國蓉：〈蘇軾與李廌關係考〉，《中山中文學刊》第 5 期（高雄：國立中山大學中國文學系，1999 年），頁 35～50。

〔註 37〕楊勝寬：〈君子之人，相勉於道——論蘇軾與李廌的二十年師友情〉，《黃岡師範學院學報》第 22 卷第 1 期（湖北：黃岡師範學院，2002 年），頁 32～38。

刊論文的論點是將元祐三年蘇軾疑洩題於李廌之公案做了一番歷史考證。從任淵《黃陳詩集注序》、朱弁《風月唐詩話》、《老學庵筆記》卷一〇、南宋羅大經《鶴林玉露》到趙溍《養疴漫筆》等筆記小說中，皆記載著蘇軾洩漏試題於李廌，期待他能得第之事，卻被章持、章援竊取之，而導致李廌落第之遺憾發生。筆者於是從歷史的考證之下，從虛構的故事情節到洩題一事，逐一推翻掉。並舉出北宋科舉制度的嚴謹之處，即使蘇軾爲知貢舉，亦無法從十分繁瑣的科舉分工制度之下，知其題目並洩題於李廌。然會有此等虛構之事，可從蘇軾於元祐初年就已經遭受政敵以考試的名目屢以害之，目的當時政治鬥爭的因素。在史料的佐證之下，證明宋代州試的命題由主試官與監試官、同院考試官共同商定。由此得知，省試試題同樣由知貢舉與考試官參詳而定，未必由一人所壟斷而成。自元豐改制之後，宋代科舉由詩賦取士變爲論策取士。再從考官與考生的角度去分析落第的因素，總結李廌落榜當是李廌當時才學尚無過人之處。〔註 38〕

祁琛云：〈蘇軾與李廌師友關係論析〉將《濟南集》、《師友談記》、《蘇軾詩集》、《蘇軾文集》以及一些筆記野史的文獻記載中，去分析和建構出蘇軾與李廌師友之間的來往紀錄。並且筆者細心地將文獻中相關記載與來往的詩文，拼湊出李廌與蘇軾的師友交往過程以及蘇軾是如何在創作上、在生活上、在立身行事上影響李廌。亦試圖釐清李廌落第和蘇軾洩題這件千古軼事的來龍去脈，最後總結李廌與蘇軾在來往的二十多年裡，不論是在文學、生活、爲人處世、仕途上都有著相當程度上的幫助。〔註 39〕

劉朝明：〈蘇軾洩題李廌考辨〉中，對於宋哲宗元祐三年蘇軾洩題於李廌卻遭章援、章持偷竊之說，認爲此事不可信，多爲前人所誤

〔註 38〕錢健狀：〈蘇軾元祐三年科場舞弊——兼論李廌落第原因〉，《浙江大學學報》第 38 卷第 3 期（浙江：浙江大學，2008 年），頁 159～164。

〔註 39〕祁琛云：〈蘇軾與李廌師友關係論析〉，《青島大學師範學院學報》第 26 卷第 3 期（青島：青島大學師範學院，2009 年），頁 68～74。

導，時至今日，仍有大陸學者據此論述，以蘇軾知貢舉作爲宋代科舉舞弊的代表事件，以訛傳訛，不符史實，事涉及蘇軾人品、清譽。從宋・王偁《東都事略》、宋・朱弁《風月堂詩話》等記載中，將軼事與歷史的眞僞做了一番分析，最後證實洩題一事乃政治鬥爭的的產物，亦證明蘇軾人品與處世之清明公正。〔註 40〕

喻世華：〈蘇軾的爲師之道——論以李廌爲例〉一文的研究方法是由從教育學、心理學角度來對師友進行立論論點。並從蘇軾給李廌的書信入手——尺牘，探討蘇軾的爲師之道。從三個面向去剖析，一、特殊而另類的蘇門弟子——李廌；二、情、理、法融合的典範——蘇軾的爲師之道；三、蘇軾爲師之道的啓示。來分析蘇軾的爲師之道，而爲何以李廌爲例，乃因爲李廌除了有才學之外，其品性、爲人處世多少有些爲世人爭議的部分，其特殊性值得去探討。然蘇軾在尺牘書信的來往中，不斷地勸誡以及教導，實乃繼承了至聖先師有教無類之精神。雖然不斷地在各方面皆幫助下，無奈在仕途之路上依舊毫無進展，卻還是一介布衣。蘇軾對李廌不只是在文學上的指導，在爲人處世方面的教誨著實亦改變了許多，使得李廌在人生中的心境從激進急躁轉而淡泊寡欲，於是最終歸隱農耕。〔註 41〕

在前人研究中，以台灣學術研究部分，由趙國蓉〈蘇軾與李廌關係考〉（西元 1999 年）爲第一人以李廌爲主題式研究的學者；直到劉朝明〈蘇軾洩題李廌考辨〉（西元 2011 年），時間間距爲十二年，共二篇的期刊論文方面的研究。而大陸學術研究部分，從 2002 年至 2012 年之間皆有李廌相關研究的發表，研究範圍從蘇軾與李廌關係考與科舉洩題一事，漸漸地拓展爲李廌世系、生平、科舉經歷、作品集版本考究、《濟南集》散文藝術特色和風格、以及李廌士人精神等研究。

〔註 40〕劉朝明：〈蘇軾洩題李廌考辨〉，《文與哲》第 18 期（高雄：國立中山大學中國文學系，2011 年），頁 256～293。

〔註 41〕喻世華：〈論蘇軾的爲師之道——以李廌爲例〉，《河南科技大學學報》第 30 卷第 2 期（河南：河南科技大學，2012 年），頁 59～64。

在以上資料中，可見李廌研究在近十幾年逐漸被大陸、台灣兩岸的學術界所重視，不論是從與蘇軾的關係或是宋代科舉制度探討都是蘇軾與北宋相關學術研究重要的一環。

第四節　結語

在學位論文部分，目前關於李廌的研究大致上，目前主要研究範疇是針對李廌的情感變化、與師友們之間的來往，其思想轉變由愛國理念到歸隱，以及文學主張——尊儒，都已有學者做了探討，並取得一定的成果。然而，在文學方面，只有詩作藝術特色和散文特色被探考，而其分類以及探究的內容都尚有文獻舉證不足之虞，其餘之研究主要是探究北宋當代士人精神或是李廌生平經歷、祖籍版本的考據，而在本文詩作本身的分析、統整歸納方面尚有不足。故筆者在歸納過程，發現其詩作有著極濃厚的個人創作「意象」以及「語言特色」，此部分陳云芊《李廌研究》〔註42〕之中，有做部分詩作藝術的探討，主要爲歸爲三個面向：一、議論深廣、富含哲理，二、馳聘想像、以賦爲詩，三、詠物自然清新、寫景臻於畫境。再經由統計以及分析，發現李廌詩作有其個人用詞上的特色和主要主題內容的意象的呈現。於是，本文針對此兩點，以李廌《濟南集》中之詩歌爲範圍，共四卷爲探究文本。試圖藉由研究「蘇門六君子」之一的李廌，冀望能探索出李廌詩作的創作方向、包含的意象，以及李廌強烈的個人特色與主張。

期刊論文部分，其研究蘇軾與李廌之間的師友關係考究共有四篇，一、趙國蓉〈蘇軾與李廌關係考〉依時間先後來闡述蘇軾與李廌之間的交往過程，讓後來的學者在蘇軾與李廌關係脈絡上得以輕鬆掌握。二、楊勝寬〈君子之人，相勉於道——論蘇軾與李廌的二十年師友情〉論證出蘇軾與李廌之間深厚的師徒關係，以及李廌如何從一個

〔註42〕陳云芊：《李廌研究》（南充：西華師範大學，2005年），頁48～53。

輕浮急躁之人轉變爲以德性爲追求目標之士，並可以看出蘇軾對李廌的影響，不論是文學、處世以及修養都有著十分重要的影響力。三、祁琛云〈蘇軾與李廌師友關係論析〉將所有提及與蘇軾與李廌有關聯的文本、筆記小說及野史記載，逐一提出並加以分析其陳述的眞僞性。四、喻世華〈蘇軾的爲師之道——論以李廌爲例〉此篇的研究方法是從教育學、心理學方向切入，並且有系統地分析蘇軾門人與蘇軾之間尺牘，結論出李廌與蘇軾交往最頻繁，以及彼此間的聯繫亦較其他門人來地緊密，因李廌爲蘇軾門人中爭議最多亦是轉變最大之人，從這當中去了解蘇軾的爲師之道。

四者主題切入點皆相似，卻從中發現個別的論證，使得後起學者對於李廌與蘇軾之間的關係，或是單就論及李廌本身都有其令人深刻的著力點。

而蘇軾洩題一事的主題有劉朝銘〈蘇軾洩題與李廌辨〉與錢健壯〈蘇軾元祐三年科舉舞弊——兼論落第原因〉，兩者內容大致相同，亦爲科場舞弊眞僞做了準確的分析與舉證，證實蘇軾無洩題之嫌，實乃李廌文學雖高，卻仍不夠出色能與當時各舉子相庭抗衡。

由以上彙整中，在李廌的研究中，發現其作品產量之大，但涉足與此的學者仍不多，於是筆者認爲《濟南集》就其文學價值的角度去剖析研究，可發掘更多可探索的領域，亦是筆者所要研究的範圍——《濟南集》詩作意象與語言特色的目的，冀望從前人研究與自本文研究中確立更多論點以利於後人在北宋領域的研究。

第貳章　李廌生平及時代背景

第一節　生平背景

李廌（1059～1109），生於宋仁宗嘉祐四年（西元 1059 年），字方叔，號濟南先生或太華逸民〔註 1〕，亦有在《濟南集》卷三〈題郭功甫詩卷〉中以隴西匹夫自稱，其祖先自鄆州徙華州，故爲華州（今陝西華縣）人。而於《四庫全書總目提要》記載中稱其爲陽翟人，這種說法與事實不合。根據李廌本人及其叔母所作的〈李母王氏墓誌銘〉一文中，曾有銘文：「李肇贊皇，昔我二卿，自彼陽谷，朅來關中。古鄭南郭，里宅協卜。〔註 2〕」也曾多次強調出身爲贊皇之裔，又於〈下第留別舍弟弼〉：「繆承名卿後，煜煜贊皇裔。〔註 3〕」、另於〈月

〔註 1〕【宋】周紫芝：《太倉梯米集》卷六十六，收錄於《書月巖集後》《文淵閣四庫全書電子版》（香港：迪志文化，2006 年），頁 8。：「《月巖集》，太華逸民之所作，而太華逸民則李廌方叔之自號也，李端叔序其文，謂東坡嘗言：「吾評斯文如大川東注、晝夜不息，不至於海不止也，今誦其詩讀其文，然後知此老之言爲有旨焉，而自非豪邁英傑之氣過人十倍，則其發爲文詞，何以若是其痛快耶，紹興壬申春滑臺劉德秀借本於妙香寮乃書以還之。」

〔註 2〕【宋】李廌：〈李母王氏墓誌銘〉，《濟南集》卷七（台北：商務印書館，1975 年），頁 23。

〔註 3〕【宋】李廌：《濟南集》卷二（台北：商務印書館，1975 年），頁 27～28。

巖齋詩〉：「其名實佳，佳哉月岩。窶人者何，贊皇之黔〔註4〕」及《德隅堂畫品書後》記載著：

> 元符元年七月既望，襄陽北津舟中，贊皐李廌方叔書……。
> 《宋史》記載李廌曾移葬先輩靈柩于華山，這一舉動應有落葉歸根之意。而李廌本人又自號「太華逸民」，也有以華州爲籍的意味，但華州是李廌家族後來的定居之地，只能視其爲籍里。而祖籍鄆州則是李廌祖先最早的定居之地，因此可視爲李廌眞正的籍貫。〔註5〕

故可推論祖籍爲鄆州，而後因先人移居於華洲，而不是如《四庫全書總目提要》記載中稱其爲陽翟人。原李廌初名爲「豸」，後因蘇軾覺其字不見於五經，其意亦不雅，而易名爲「廌」，可見於《孏眞子》卷二：

> 李方叔，初名豸，從東坡游，東坡曰：「五經中無公名，獨左氏曰：「庶有豸乎乃音直氏切，故後人以爲蟲豸之豸。」又周禮供具，絼亦音雉乃牛鼻繩也，獨玉篇有此豸字，非五經不可用，今宜易名曰廌，方叔遂用之。秦少游見而嘲之曰：「昔爲有脚之狐乎，今作無頭之箭乎豸，以况狐廌以况箭，方叔倉猝無以答之終身以爲恨。」〔註6〕

見其因「豸」的意涵不雅，又遭秦少游在名字上做文章取笑——無頭蒼蠅，故由蘇軾取其同音「廌」易之，而其意爲古代傳說中的異獸，能辨是非曲直。出生於士大夫家庭，祖父爲乾州史君，六歲而孤，從叔父居，並與之學習。廌之家法甚嚴〔註7〕，自小刻苦學習，父親淳

〔註4〕【宋】李廌：《濟南集》卷一（台北：商務印書館，1975年），頁1。

〔註5〕陳云芊：《李廌研究》（南充：西華師範大學，2005年。），頁5～6。

〔註6〕【宋】馬永卿撰、【宋】俞鼎、【宋】孫俞經編、嚴一萍選輯：《孏眞子錄》卷二，收錄於《百部叢書集成之一——儒學警悟》（台北：藝文印書館，1965年），頁9。

〔註7〕【宋】李廌：〈李母王氏墓誌銘〉，《濟南集》卷七（台北：商務印書館，1975年），頁23。：「廌少不夭，嘗游寓東越，吾叔曰：吾兄有志不就，其孤過時不學則爲門户羞，乃具舟楫涉江湖。躬至句章趣，廌還長洲教字於家叔……而又伯父律下嚴忌，繩己亦切，或小有過差，則自箠於廟，諸弟及其婦相與請罪，乃許改事。即出大鼎於庭，命之曰：斯鼎也，一人扛之則莫舉，眾人共之。」

與蘇軾爲同年，亦是同科進士，然因二次科舉皆名落孫山後，中年絕進取意，歸耕潁川，定居於長社（今河南長葛），宋徽宗大觀三年卒（西元 1110 年），享年五十一。

終其一生經歷了仁宗、英宗、神宗、哲宗和徽宗五朝，爲宋代政局與黨政之爭最爲紛擾的時期。李廌爲「蘇門六君子」之一，詩詞文俱佳。其作品有《濟南集》二十卷，又名《月巖集》，至清初已佚，清四庫館臣自《永樂大典》中輯錄出詩文並編爲八卷，估計爲古詩四卷，詩四百二十二首，而其中題爲〈春日偶題寄友人〉及〈春日風雨晚題〉者，實爲同一篇。後另補入四首，共得四百二十五首〔註 8〕，律詩絕句共一卷，賦、銘、議、論、序、記、書啓等四卷。另有記載觀畫時的瑣言雜記，其中大多爲藝術鑒賞能力和理論的《德隅齋畫品》，以及元祐期間（西元 1086～109 年），與師友之間的交遊唱和書信詩《師友談記》等作品現存於世。

年少時，其才學已見於鄉里之間，十九歲時，因〈題郭功甫詩卷〉七言六十韻，縱論當代詩壇，筆鋒凌厲，廌詩風與郭功甫相近，故以此長詩獻之。〔註 9〕李廌「少時有好名急進之弊〔註 10〕」，後遵蘇軾之言「信道自守」。而探究其年歲而言，十九歲便嶄露鋒芒，卻是在三十歲才投身科舉之中，本應爲學以求取功名，但是他爲了先完成孝道，而毅然中斷了學業，不惜奔走四方，擔負起移葬先人的責任，移葬過程經歷了數年，將東部的墓葬陸續移往陝西。直到元祐元年（西元 1086 年），移葬才基本完成——「元祐丙寅，改遷東阡。從者十六，下逮諸殤，祔焉遂族。〔註 11〕」執意耗時多年來

〔註 8〕張高評：《宋代詩派敘錄》（國立成功大學中文系：行政院國家科學委員會專題研究計畫成果，1993 年），頁 23。

〔註 9〕【宋】李廌撰、孔凡禮點校：《師友談記》（北京：中華書局，2002 年），頁 3。

〔註 10〕【宋】李廌撰、孔凡禮點校：《師友談記》（北京：中華書局，2002 年），頁 14。

〔註 11〕【宋】李廌〈李母王氏墓誌銘〉，《濟南集》卷七（台北：商務印書館，1975 年），頁 23。

移葬家族墓，實乃李廌已不願再有飄泊之感。於〈廌葺介堂元聿作詩某次韻〉中，提及「吾生一漂梗，觸焉泊東周。十年嘆流滯，呑默垂遠猷。〔註 12〕」或許就是此種遊客四處漂泊的心態，以至於執著於遷墓，在完成家族歸鄉的心願之後，已快入三十而立之年。元祐二年五月（西元 1087 年），李廌爲其撰行狀並錄示蘇軾。在與蘇軾的數次通信中哀嘆命運，傾吐了滿腹的牢騷。這是遭遇挫折後很自然的一些表現。據蘇軾信中敘述，也主要是「累書見責以不相薦引〔註 13〕」的緣故。元祐三年（西元 1088 年），三十歲，廌參加省試，蘇軾爲知貢舉，黃庭堅爲參詳官，故皆有可能看在師生之情或在才學的賞識之上當略爲重視，又因蘇軾認爲李廌的才華，名次必然爲前三，卻有時不我予的感慨，名次落在五百零八之外。蘇軾愧對李廌，作詩感嘆，「與君相從非一日，筆勢翩翩可識。平時漫識古戰場，過眼終迷日五色。〔註 14〕」第一次落第之後，蘇軾還是對李廌寄予很大期望，在其落第之後賦詩自責，後來還曾試圖引薦於朝廷，可見兩人的師友關係始終是相當融洽的。元祐六年（西元 1091 年），三十三歲，亦再次落第。失望之意盡於〈下第留別陳至〉之中表露無疑，「吾生三十年，二十九年非。末路各相望，奮庸會有時。貴如未可求，守余北山薇。〔註 15〕」感嘆其一生已過了四分之一個世紀，卻仍是一事無成。此次作詩落寞與無奈地以〈某頃元祐三年春禮部不第，蒙東坡先生送之以詩，黃魯直諸公皆有和詩，今年秋復下第，將歸耕潁川，輒次前韻上呈編史內翰先生及乞諸公一篇，以榮林泉，不勝幸甚〉之詩來感嘆，愧對蘇軾與朋友們的期

〔註 12〕【宋】李廌：《濟南集》卷一（台北：商務印書館，1975 年），頁 21。

〔註 13〕【宋】蘇軾撰、孔禮凡點校：〈與李方叔書〉《蘇軾文集》第四冊（北京：中華書局，1986 年），頁 1420。

〔註 14〕【宋】蘇軾撰、孔禮凡點校、【清】王文誥輯注：〈余與李廌方叔鄉之久矣，領貢舉事，而李不得第，愧甚，作詩送之〉，《蘇軾詩集》第五冊（北京：中華書局，1982 年），頁 1568。

〔註 15〕【宋】李廌：《濟南集》卷二（台北：商務印書館，1975 年），頁 27。

待，「平生功名所料，數奇辜負師友責。〔註16〕」一心想與師友們在求仕的道路相伴，卻無奈現實的殘酷，無法一起相伴在此道之上，對於未知的未來是那麼的不明確。於是，決然斷絕求仕之途的意念，四處雲遊於山林古剎之間，最後終老歸隱於農耕。

第二節　與蘇軾之關係

一、交往狀況

李廌與蘇軾的交往，至少可以追溯到蘇軾被貶至黃州之初。蘇軾於宋神宗元豐二年（西元1079年）因「烏臺詩案〔註17〕」被責貶黃州，十二月離京，次年（西元1080年），過陳州，等弟蘇轍來會，盤桓十餘日，二月初抵貶所。就在蘇軾居貶所的當年，李廌專程到黃州拜見蘇軾，於《宋史・李廌傳》：「廌六歲而孤，能自奮力，少長，以學問稱鄉里。謁蘇軾於黃洲，贄文求知。〔註18〕」，並且主動的呈上了所創作的詩作，表達希望可以投師於門下的意願。〔註19〕

然因蘇軾與其父淳同年一同科舉層的關係，加上絲毫不怕連累，持續密集地與蘇軾來往，在元祐年間接觸較爲頻繁，從《蘇軾文集》的尺牘中，統計李廌與蘇軾之間的來往信件多達十九篇，其中在黃州

〔註16〕【宋】李廌：《濟南集》卷三（台北：商務印書館，1975年），頁25～26。

〔註17〕【宋】朋九萬撰：《東坡烏臺詩案》，收錄於《百部叢書集成之二七——函海》第一函（台北：藝文印書館，1968年），頁6～7。：「檢會送到冊子，題名是元豐緒添蘇子瞻學士，《錢塘集》全冊內除目錄更不抄寫外，其三卷並路付中書。門下奏據審刑院尚書刑狀，御史臺根勘到祠部員外郎，直史館蘇軾作詩賦并諸般文字謗訕朝廷及中外臣僚，絳州團練使駙馬都尉王銑，爲留蘊軾譏諷文字及尚書奏不實按并劄第二道者。」元豐間，蘇子瞻因作詩毀謗朝廷繫大理獄。

〔註18〕【元】脫脫等撰、王雲五主編：《宋史・李廌傳》第十冊（台北：台灣商務，2010年），頁5321。

〔註19〕參見趙國蓉：〈蘇軾與李廌關係考〉，《中山中文學刊》第5期（高雄：國立中山大學中國文學系，1999年），頁35～50。

時期就有四篇，是蘇軾與門人中最多書信來往的人。〔註 20〕或許因爲李廌爲舊友之子，又爲蘇軾門人中結識最晚、最年輕的一人，於是蘇軾在教導方面自然多了幾分心思，其兩人師徒關係長達二十年。

元豐三年（西元 1081 年），李廌二十二歲，贄文求見，軾稱其「筆墨瀾翻，有飛沙走石之勢〔註 21〕」，並稱其才「子之才，萬人敵也，抗之以高節，莫之能禦矣。〔註 22〕」，之後拜於蘇軾之門下〔註 23〕，蘇軾與李廌之間的師生關卻遠比其他門人來特殊。在《宋史・李廌傳》:「家素貧，三世未葬。」當時蘇軾亦面對貧困，身陷貶謫，卻能慨然「解衣相助」，又贈詩意激勸，「於是不數年，盡致累世之喪三十餘柩，歸窆華山下。〔註 24〕」蘇軾對於李廌盡孝道之義，深感贊同。

元豐四年（西元 1089 年），蘇軾出知杭州，李廌專程赴京送別，蘇軾以御賜馬贈之，廌亦有送行詩，再相稱譽，其〈送杭州使君蘇內相先生，某用先生就詩〈方丈仙人出渺茫高情猶愛水雲鄉〉爲韻〉，作古詩十四首，此詩內容乃爲對蘇軾大加讚賞，稱讚其爲心中的表率，則曰:「忠清秉全德，日月可爭光。」讚其道德文章，則曰:「道德富瀛海，百谷輸浩渺。……斯文再秉蔚，精義凌縹渺。」又稱讚其對於國家之貢獻，則曰:「公去吾道辱，公來吾道榮。生民系休戚，國勢隨重清。先生如九鼎，……〔註 25〕」。詩中讚揚其德性，如此高的稱讚，足見李廌對蘇軾敬仰至深，及在其心中的地位極爲崇高。

〔註 20〕參見喻世華:〈論蘇軾的爲師之道——以李廌爲例〉,《河南科技大學學報》第 30 卷第 2 期（河南:河南科技大學，2012 年），頁 59～64。

〔註 21〕【宋】李廌《濟南集八卷》收錄於《欽定四庫全書・集部三・提要》（台北:商務印書館，1975 年），頁 1。

〔註 22〕【元】脫脫等撰、王雲五主編:《宋史・李廌傳》第十冊（台北:台灣商務，2010 年），頁 5321。

〔註 23〕【元】脫脫等撰、王雲五主編:《宋史・李廌傳》第十冊（台北:台灣商務，2010 年），頁 5321。

〔註 24〕【元】脫脫等撰、王雲五主編:《宋史・李廌傳》第十冊（台北:台灣商務，2010 年），頁 5321。

〔註 25〕【宋】李廌:《濟南集》卷一（台北:商務印書館，1975 年），頁 18～19。

宋神宗元豐七年（西元 1084 年）四月，蘇軾奉宋神宗之命從黃州移至汝洲。元豐八年抵達南京（西元 1085 年）二月，當時李廌自陽翟來見，蘇軾爲其父李惇作〈李憲仲哀詞〉中曰：

> 同年友李君，諱惇字憲仲。賢而有文，不幸早逝，軾不及與之遊也。而識其子廌有年矣。廌自陽翟。見余於南京，泣曰：吾祖母邊、母馬、前母張與君（李惇）之喪皆未葬，貧不敢以饑寒爲戚，顧四喪未舉，死不瞑目矣。適會故人梁先吉老聞余當歸陽羨，以絹十匹、絲百兩爲贐，辭之不可。乃以遺廌，曰：此亦仁人之饋也。既又作詩，以告知君與廌者，庶幾皆有以助之。廌年二十五，其文曄然，氣節不凡，此豈終窮者哉。〔註 26〕

在此篇的序言中，可知蘇軾感嘆其李惇早逝，然有幸與李廌相識，對於惜才的蘇軾而言，不願見其窮困無助，則將友人贈與的絹、絲等物，轉贈與李廌，由此可得知在面對長期貧困的李廌，蘇軾在其生活上盡其可能地幫助。

宋神宗於元豐八年（西元 1085 年）崩逝，由太子趙煦嗣位，是爲哲宗，改年號爲元祐。因哲宗年幼，由其母高氏爲太皇太后，是爲宣仁太后，並垂簾聽政。而由於宣仁太后的立場保守，不喜變法新政，於是將其熙寧、元豐時期之舊臣召回朝廷。此時李廌作〈金鑾賦〉〔註 27〕賀之，亦作〈上翰林眉山先生蘇公〉頌之：

> 佑聖生賢佐，天心在撫民。昌期應治運，穀旦降元臣。
> 四序功成晚，三台耀拱辰。嚴凝氣剛勁，謇諤性忠純。
> 凜凜風霜操，優優雨露仁。高才映今古，妙學洞天人。
> 黼黻文華國，淵源德潤身。四朝師令望，百辟仰清塵。
> 射策明三道，觀光耀九賓。咸知帝賚說，復誦嶽生申。

〔註 26〕【宋】蘇軾撰、孔禮凡點校、【清】王文誥輯注：〈李憲仲哀詞〉《蘇軾詩集》第四冊（北京：中華書局，1982 年），頁 1333。

〔註 27〕【宋】李廌：《濟南集》卷五（台北：商務印書館，1975 年），頁 4～5。

視草金鑾殿，登庸鳳詔春。夔龍名不隕，魯衛政相因。
交蔭槐陰茂，聯華棣萼親。廟堂熙帝載，袞繡並天倫。
政柄勞無憚，侯邦逸久均。偃藩心固樂，調鼎味宜新。
上宰虛黃閣，除書下紫宸。百神懷景福，萬化入鴻鈞。
陰德施黎庶，休功格昊旻。自當侔帶礪，詎止約松椿。
賤士睎高躅，趨風愧下陳。願言千萬壽，獻頌敢辭頻。
〔註 28〕

在文中讚頌蘇軾的爲人與才學，認爲朝廷能再次重視並且任用蘇軾，實乃國家與百姓之福祉。又可從元祐末，蘇軾爲翰林學士承旨，李廌寄書問安，且寄狨皮等物，其〈答李方叔十七〉〔註 29〕之七中載：「專人辱啓事長書，及手簡累幅，貺甚厚，惠示絨皮等物，皆所不敢當，信元不發，卻付來人。」蘇軾念及李廌家貧，堅辭不受，可見師徒二人濃厚的關係。

二、李廌仕途情況

元祐二年時（西元 1087 年），蘇軾在書信中問及李廌秋試的情況，充滿了關切及鼓勵：「秋試時，不審已從吉未？若可以下文字，須望鼎甲之捷也。〔註 30〕」文中對李廌有著深厚的期許。在《老學庵筆記》又記載：

東坡素知李廌方叔。方叔赴省試，東坡知舉，得一卷子，大喜，手批數十字，且語黃魯直曰：「是必吾李廌也。」及拆號，則章持致平，而廌乃見黜。故東坡、山谷皆有詩在集中。初，廌試罷歸，語人曰：「蘇公知舉，吾之文必不在三名後。」及後黜，廌有乳母年七十，大哭曰：「吾

〔註 28〕【宋】李廌：《濟南集\》卷四（台北：商務印書館，1975 年），頁 11～12。
〔註 29〕【宋】蘇軾撰、孔禮凡點校：〈答李方叔十七首〉之七，《蘇軾文集》第四冊（北京：中華書局，1996 年），頁 1578。
〔註 30〕【宋】蘇軾撰、孔禮凡點校：〈答李方叔十七首〉之二，《蘇軾文集》第五冊（北京：中華書局，1996 年），頁 1577。

兒遇蘇內翰知舉不及第，它日尚奚望？」遂閉門睡，至夕不出。發壁視之，自縊死矣。廌果終身不第以死，亦可哀也。〔註 31〕

此筆記中所記載的雖爲軼事，但可見當時對於人們對於李廌科舉一事，期待寄於厚望，又東坡自言：「有司以第一拔方叔耳。〔註 32〕」因蘇軾大力讚許的緣故，眾人和李廌對此次考試十分具有自信。殊不知，竟然落第，蘇軾對其結果感到難過，文中所及李廌乳母自縊亡，乃爲後人軼作之事，惟世人皆可惜李廌落第一事，亦代表著此事在當時被重視的程度。因此蘇軾作詩〈余與李廌方叔相知久矣，領貢舉事而李不得第，愧甚，作詩送之〉所述其感受：

與君相從非一日，筆勢翩翩擬可識。

平時漫識古戰場，過眼終迷日五色。

我慚不出君大笑，行止皆天子何責？

青袍白紵五千人，知子無怨亦無德。

買羊沽酒謝玉川，爲我醉倒春風前。

歸家但草淩雪賦，我相夫子非臒仙。〔註 33〕

詩中蘇軾表明爲主考官，卻沒有錄取李廌這樣的才子，深感慚愧，另外亦指出李廌與近五千考生的際遇是相同的，身爲主考官，也只能擇其優錄取，可見蘇軾在這次科舉中處事公平、一視同仁的態度。

〔註 31〕【宋】陸游撰、李劍雄、劉德權點校：《老學庵筆記》卷十（北京：中華書局，1979 年），頁 125。

〔註 32〕【宋】朱弁撰：《風月堂詩話》，收錄於《百部叢書集成之一八——寶顏堂祕笈》第十五函（台北：藝文印書館，1965 年），頁 12。：「東坡知貢舉，李豸方叔久爲東坡所知，其年到省諸路舉子，人人慾識其面，考試官莫不欲得方叔也。坡亦自言有司以第一拔方叔耳。既拆號，十名前不見方叔，眾已失色，逮寫盡榜，無不驚駭嘆。方叔歸陽翟，黃魯直以詩敘其事送之，東坡和矣。如『平生漫說古戰場，過眼眞迷日五色』之句，其用事精切，雖老杜、白樂天集中未嘗見也。」

〔註 33〕【宋】蘇軾撰、孔禮凡點校、【清】王文誥輯注：《蘇軾詩集》第五冊（北京：中華書局，1982 年），頁 1570。

李廌亦作詩回應蘇軾，在〈某頃元祐三年春禮部不第，蒙東坡先生送之以詩，黃魯直諸公皆有和詩，今年秋復下第，將歸耕潁川，輒次前韻上呈編史內翰先生及乞諸公一篇，以榮林泉，不勝幸甚〉一詩中，表達實感愧對蘇軾與朋友們的期待：

半生虛老太平日，一日不知人不識。

鬢毛斑斑黑無幾，漸與布衣爲一色。

平時功名眾所料，數奇辜負師友責。

世爲長物窮且忍，靜看諸公樹勛德。

欲持牛衣歸潁川，結廬抱耒箕隗前。

祇將殘齡學農圃，試問瀛洲紫府仙。〔註34〕

詩作中對於自己鬢髮漸白，卻還是一介布衣而感到無奈，但讓他更難受的是辜負了師友們的期許，而萌起隱逸農耕之心。此科舉的憾事，一直都縈繞著李廌與蘇軾二人，日後詩作中不斷地在作品中出現。

如在元祐八年（西元1093年），此時蘇軾知定州，與朋友相聚喝酒，於李廌〈東坡罰酒〉中記載：

東坡帥定武，諸館職餞於惠濟，坡舉白浮歐陽叔弼、劉伯修二校理、常希古少尹曰：「三君但飲此酒，酒釂乃研所罰」。三君飲竟。東坡曰：「三君爲主司而失李方叔，茲可罰也。」三君者無以爲言，慚謝而已。張文潛舍人在坐，輒舉白浮東坡先生，曰：「先生亦當飲此。」東坡曰：「何也？」文潛曰；「先生昔舉而遺之，與三君之罰均也。」舉坐大笑。〔註35〕

上述蘇軾與友人在酒酣耳熱之際，憶起元祐三年與蘇軾同知貢舉，卻還是令李廌落第之事，事過多年仍難以釋懷，可見李廌落第此事對蘇軾與當時的文人來說仍是一大憾事。之後對於此事出現軼事之說，在

〔註34〕【宋】李廌：《濟南集》卷三（台北：商務印書館，1975年），頁25～26。

〔註35〕【宋】李廌撰、孔禮凡點校：〈東坡罰酒〉，《師友談記》（北京：中華書局，2002年），頁43。

宋人對蘇軾知貢舉意欲取李廌之事多少有所記載，如葉夢得《石林詩話》載：

> 李廌陽翟人少以文字見蘇子瞻，子瞻喜之。元祐初知舉，廌適就試，意在必得廌以觀多士及孜章援程文，大喜，以爲廌無疑，遂以爲魁。既拆號，悵然出院，以詩送廌歸。〔註 36〕

據記載宋人軼事與宋詩的羅大經《鶴林玉露》卷十五中，記載著蘇軾不惜爲了希望李廌能得第，而欲洩題之，卻被章持、章援所竊取。

> 元祐中，東坡之貢舉，李方叔就試。將鎖院，坡緘封一簡，令送方叔，值叔出其僕受簡置機上。有頃，章子厚二子曰持、援者來，取簡竊觀，乃〈揚雄優於劉向論〉一篇，二章驚喜，攜之以去。方叔歸，求簡不得，知爲二章所竊，悵惋不敢言。已而果出此題，二章皆模仿坡作。及拆號，坡意魁必方叔也，乃章援。第十名文意與魁相似，乃章持，坡失色。二十名間，一卷頗奇，坡謂同列曰：「此必李方叔。」視之，乃葛敏修，……而方叔竟下第，坡出院，聞其故大嘆恨。〔註 37〕

在筆記小說中所紀載著蘇軾洩漏試題於李廌，期待他能得第之事。實際上，宋代的科舉制度相當嚴謹，以防止營私舞弊之行爲發生。而考試地點周圍秩序的維持及批閱官員都由很多官員專門負責，考生試卷由數人負責批閱，並採取了鎖院、匿名、眷錄等制度，防止考官徇私等措施，以上皆說明了宋代科舉考試制度的公開公正性。雖爲宋人軼事，但可看出李廌之才學是被世人所認可的，不論蘇軾是否洩漏題目，世人都期望李廌可爲國所用，一展長才，如願得第的希望。亦可知李廌因蘇軾的緣故而盛名遠播，爲當時眾人所皆知，然羅大經《鶴林玉露》之洩題一說，與《老學庵筆記》李廌乳母自縊之說等論述實

〔註 36〕【宋】葉夢得：《石林詩話》卷中，收錄於《百部叢書集成之二——百川學海》第九函（台北：藝文印書館，1965 年），頁 1～2。

〔註 37〕【南宋】羅大經：《鶴林玉露》卷十五，收錄於《文淵閣四庫全書電子版》（香港：迪志文化，2006 年），頁 15。

乃造謠之說。〔註 38〕多爲後人所增添之軼事，足以見得在蘇軾關注下的李廌爲當時文人與後人所關注的程度。

而會有如此造謠之事發生，早在元祐三年的貢舉之前，蘇軾的政敵董敦逸等人，得知蘇軾爲此次主考官之時，便到處造謠，並上書皇帝，認爲科舉考試中，有其眾多蘇門文人參與，結果必不公平。但此次李廌的科舉結果證明了考試的嚴格性和公平性。另在〈與李方叔書〉一詩，也提及此事：「帝城分不入，書札詷何人。〔註 39〕」可明顯表明對作弊之事的謠言持否定的態度亦以自清。而南宋魏了翁曾述：

> ……及蘇公司貢，則不惟遺其門人，雖故人之子，亦例在所遺。觀其與李方叔詩及今蒲氏所藏之帖，若將愧之者。然終末以一時之愧，易萬世之所甚愧，此先生行己之大方也。〔註 40〕

照上述所言，蘇軾爲知貢舉時，除了李廌之外，還是有其他門人落第，而蘇軾作詩言愧之，此愧不是愧咎於李廌，而是可惜此等人才怎麼沒被入取；亦說明了蘇軾爲人公正，不興這些旁門左道之事，亦爲國愛才惜才之感嘆。

自元豐改制之後，元祐期間恢復以詩賦取士，士人薦引、雅集蔚之爲風氣，一時之間，朝中要臣皆爲文學名士。陳瑑以詩賦勉勵落第之友，其中「元祐體」指得是特定的科場文風，同於北宋後期之說。故：「『元祐體』的最初內涵，應當是指科場應試文章的風格而言，類似於宋仁宗嘉佑二年歐陽脩知貢舉時罷黜的『太學體』，但絕對不會是

〔註 38〕參見錢健狀：〈蘇軾元祐三年科場舞弊——兼論李廌洛落第原因〉，《浙江大學學報》第 38 卷第 3 期（浙江：浙江大學，2008 年），頁 159～164。與劉朝明：〈蘇軾洩題李廌考辨〉，《文與哲》第 18 期（高雄：國立中山大學中國文學系，2011 年），頁 256～293。

〔註 39〕蘇軾撰、孔禮凡點校：〈與李方叔書〉，《蘇軾文集》第五冊（北京：中華書局，1996 年），頁 1420。

〔註 40〕【南宋】魏了翁：〈跋蘇文忠墨遊〉《鶴山集》卷六十，收錄於《文淵閣四庫全書》第一一七三冊（台北：臺灣商務印書館，1983 年），頁 1173。

指詩體或詩派。〔註41〕」。從蘇軾對當時的李廌評介來看，其文學上不深厚，故發而爲文有「過相粉飾〔註42〕」之病。故可知，當時的李廌，若考詩賦，則可見其辭藝奇麗之處，若考策論，則顯其才識不足之處。李廌在〈范太史言人君之政令非天之時氣〉曾描述了當時的情況：

> 廌在元祐三年省試，策問有魏相時令者，廌之所對，大略與太史公之說同。但其卒曰：「王者應天以實不以文，故人和而天地之和應之，不必法其繁文末節，但時和歲豐，家給人足，則便爲太平之實。若求夫芝草生、鳳凰至等端，皆漢代君臣不務本，而區區尚其虛文也。漢之好復古者，無若王莽，而劉歆又以儒數緣飾之，奏祥端、作頌聲者愼眾，有益於治，可救其亂乎！」詞多不能詳，姑記其大概。昔既不效，何必道乎？〔註43〕

詩中回憶省試策題時，其論點的闡述與太史公略同，並加以陳述之，但就算其論證與太史公相同亦多說無益了，字裡行間充滿無奈，最後以「昔既不效，何必道乎？」作爲李廌亦無奈落第而感嘆的總結。

在《石林詩話》中記載，蘇軾知舉而李廌不第，曾言「廌是學藝不進，家貧，不甚自愛，嘗以書責子瞻不薦己。〔註44〕」蘇軾在回信中曰：

> 累書見責以不相薦引，讀之甚愧。然其說不可不盡。……古

〔註41〕參見蕭瑞峰、劉成國：〈「詩盛元祐」說考辨〉，《文學遺產》第二期（河北省：中國社會科學文學研究所，2006年），頁61。

〔註42〕【宋】蘇軾撰、孔禮凡點校：〈答李方叔十七首〉之四，《蘇軾文集》第四冊（北京：中華書局，1996年），頁1577。：「某啓。辱書累數百言，反復尋味，詞氣甚偉，雖不肖，亦已粗識。君子志義所在，然僕已愚不聞過，故至點辱如此。若猶哀憐之，當痛加責讓，以感厲其意；庶幾改往修來，以盡餘年。今乃粉飾刻劃，……。」

〔註43〕【宋】李廌撰、孔禮凡點校：《師友談記》（北京：中華書局，2002年），頁27。

〔註44〕【宋】葉夢得：《石林詩話》卷中，收錄於《百部叢書集成之二——百川學海》第九函（台北：藝文印書館，1965年），頁1～2。：「……蓋道其本意，廌是學藝不進，家貧，不甚自愛，嘗以書責子瞻不薦己。子瞻後稍薄之，竟不第而死。」

之君子，貴賤相因，先後相援，固多矣。軾非敢廢此道，平生相知，心所謂賢者則於稠人中譽之，或因其言以考其實，實至則名隨之，名不可掩，其自爲世用，理勢固然，非力致也。……軾孤立言輕，未嘗獨薦人也。爵祿砥世，人主所專，宰相猶不敢必，而欲則於軾，可乎？……足下但信道自守，當不求自至。若不深自重，恐喪失所有。〔註 45〕

蘇軾勸李廌並不是對他的前途莫不關心，相反地，當其落第之時，蘇軾曾向朝廷舉薦過李廌。於《宋史・李廌傳》中記載：

鄉舉試禮部，軾典貢舉，遺之，賦詩以自責。……軾與范祖禹謀曰：廌雖在山林，其文有錦衣玉食氣，棄奇寶於路隅，昔人所嘆，我曹得無意哉！〔註 46〕

蘇軾在面對李廌的責難，既沒有反駁，也沒有怪罪其浮躁近利的個性，而是耐心開導，要他棄名務實，順其自然，然後方能實至而名歸，不待薦而自爲世所用。而《宋史・李廌傳》〔註 47〕有記載著蘇軾與范祖禹曾舉薦李廌一事，兩人未能成功，李廌再次與機會擦身而過，可見蘇軾並不是不薦引，只是從未成功過。

三、李廌與蘇軾學術來往情況

探討蘇軾與李廌之間的學術往來，其資料分析主要可從《師友談記》、〈與李方叔書〉、〈答李方叔書〉、〈答李方叔十七首〉中了解其大致情況。不單是在文學上給予李廌極大的指導和鼓勵，在對於其爲人、修養等方面的缺陷，一向待人溫厚的蘇軾在勸導、引導時，有時甚至使用頗爲嚴厲口吻，在與李廌的尺牘中——〈與李方叔書〉、〈答李方叔書〉中表現出教誨亦有鼓勵之意，希望李廌能成爲以禮義君

〔註 45〕【宋】蘇軾撰、孔禮凡點校：〈與李方叔書〉，《蘇軾文集》第四冊（北京：中華書局，1996 年），頁 1420。

〔註 46〕【元】脱脱等撰、王雲五主編：《宋史・李廌傳》第十冊（台北：台灣商務，2010 年），頁 5321。

〔註 47〕【元】脱脱等撰、王雲五主編：《宋史・李廌傳》第十冊（台北：台灣商務，2010 年），頁 5321。

子，其在〈與李方叔書〉中所述：

> 足下之文，過人之處不少，如《李氏墓表》及《子駿行狀》之類，筆勢飄飄，有可以追古作者之道。至若前所示《兵鑑》，則讀之終篇，莫知所謂。〔註48〕

讚賞文采有著許多過人之處，技巧卓越，但尚欠缺些許火侯。又於〈答李方叔十七首〉之五中鼓勵著曰：

> 承示新文，如《子駿行狀》，丰容雋狀，甚可貴也。有文如此，何優不達，相知之久，當與朋友共之。至於富貴，則有命矣，非棉力所能必致。〔註49〕

對於李廌浮躁近利的個性，加以開導不該強求，在〈答李方叔書〉中又一再而再的告誡：

> 足下相待甚厚，而見譽過當，非所以爲厚也。近日士大夫皆有潛侈無涯之心，動輒欲人以周、孔譽己，自孟軻以下者皆憮然不滿也。此風殆不可長。又僕細思所以得患禍者，皆由名過其實，造物者所不能堪，與無功而受千鍾者，其罪均也。〔註50〕

告誡李廌不希望豐於才而廉於德，關鍵在愛之深、期許之遠。在評價李廌詩文的時候，對其獨到之處，蘇軾固然加以稱賞，如有不足，則直言指正。李廌離開黃州後，連寄二書問安，後又使專人探望蘇軾，並獻書信及詩作。蘇軾在回信中對其詩大加讚賞，稱「惠示古賦近詩，詞氣卓越，意趣不凡，甚可喜也。〔註51〕」雖然褒揚有加，但對李廌詩作中反映的問題，蘇軾還是指出來，稱其詩「但微傷冗，後當稍收斂之，今未可也。〔註52〕」李廌早期不能安於貧賤、急功

〔註48〕【宋】蘇軾撰、孔禮凡點校：〈與李方叔書〉，《蘇軾文集》第四冊（北京：中華書局，1996年），頁1420。

〔註49〕【宋】蘇軾撰、孔禮凡點校：〈答李方叔十七首〉之五，《蘇軾文集》第四冊（北京：中華書局，1996年），頁1578。

〔註50〕【宋】蘇軾撰、孔禮凡點校：〈答李方叔書〉，《蘇軾文集》第四冊（北京：中華書局，1996年），頁1430。

〔註51〕同註49。

〔註52〕同註49。

近利的心態對其文學創作產生了很大的影響，導致其作品有華而不實之憾。於是蘇軾對李廌的教誨，無疑對其在文學上的發展有大有裨益。

而對於李廌不相薦引的責難，蘇軾循循善誘，即堅持原則，也不失靈活與溫情。然沒有被蘇軾大力薦引關鍵在於蘇軾認爲李廌還沒有達到，當時身爲「君子」的標準，在〈與李方叔書〉中就論及到「名」、「實」之間的關聯：

> 古之君子，貴賤相因，先後相援，固多矣。軾非敢廢此道，平生相知，心所謂賢者則於稠人中譽之，或因其言以考其實，實至則名隨之，名不可掩，其自爲世用，理勢固然，非力致也。〔註 53〕

意旨在勸戒李廌莫汲汲於名利的虛名，要靠自己的實力爭取，而不是貪戀「名」的追求，實至則名隨之，更在〈東坡言當循分范太矢言當養其高致〉中，直指出李廌性格上的缺點：

> 廌少時有好名急進之弊，獻書公車者有三，多觸聞罷，然其志不已，復多游巨公之門。自丙寅年，東坡嘗誨之，曰：「如子之才，自當不沒，要當循分，不可躁求，王公之門何必時曳裾也。」〔註 54〕

可見李廌早期過於看重名利，希望能藉由自己的才采攀登權貴人士，藉以在謀得平步青雲的機會。又因蘇軾不薦引而累書向蘇軾抱怨，在《石林詩話》中記載，蘇軾知舉而李廌不第：「自是學藝不進，家貧，不甚自愛，嘗以書責子瞻不薦己。〔註 55〕」又宋人張邦基《墨莊漫談》一文中：「田衍、魏泰居襄陽，郡人畏其吻，謠曰：襄陽二害，田衍、魏泰……未幾，李豸方叔亦來郡居，襄人憎之，曰：近日多磨，又添

〔註 53〕【宋】蘇軾撰、孔禮凡點校：〈與李方叔書〉，《蘇軾文集》第四冊（北京：中華書局，1996 年），頁 1420。

〔註 54〕【宋】李廌撰、孔禮凡點校：〈東坡言當循分范太矢言當養其高致〉，《師友談記》（北京：中華書局，2002 年），頁 14。

〔註 55〕【宋】葉夢得：《石林詩話》卷中，收錄於《百部叢書集成之二——百川學海》第九函（台北：藝文印書館，1965 年），頁 1～2。

一豸。〔註 56〕」可看出，李廌在爲人處世上尚不成熟。但蘇軾卻十分有耐心地在李廌每次犯錯後，都加以勸誡，可看出在文學創作與爲人處世上亦多方幫助。

隨後接連在蜀黨蘇軾門人相繼遭貶，到宋徽宗建中靖國元年（西元 1101 年），蘇軾在北歸途中病逝於常州，李廌爲文悼之，有「……皇天后土，知一生忠義之心；名山大川，還千古英靈之氣。斯文之興廢，占吾道之盛衰。〔註 57〕」，措詞奇壯，傳誦一時，亦可從中得知道李廌與蘇軾之間的聯繫密切，彼此相知相惜之情懷，其所言皆非阿諛奉承之詞。而蘇軾繼承歐陽修爲北宋文壇壇主，完成了詩歌革運動，李廌稱譽蘇軾之事蹟該是當之無愧。後因蘇軾的病逝，李廌才斷絕進取之意，亦促進李廌的歸隱之心，最後定居長社。

四、師承脈絡

在創作上，不論詩、詞、文、賦，李廌亦如師蘇軾，樣樣都涉獵其中，其七古詩情感眞切感人，筆調逸麗疏宕，健爽盡動者，在於大量運用形象語言，以描寫刻畫，故具體鮮明，生動逼眞。而七古之轉折變化自如靈活，蓋受東坡及樂天二家啓發，其層次變化分明、跳脫流宕、伸縮舒朗、暢達自如處，深受東坡之影響，如〈驪山歌〉、〈贈卜者張生歌〉、〈以古畫觀音易眉子石硯〉、〈自陝西渡黃河歌〉等詩。至於敘寫生動，轉折自然，寫景鮮明秀麗，筆調婉轉流暢處，則受白樂天之影響，如〈汝洲王學士躬弓行〉、〈題郭功甫卷〉，運用樂天詩話，深得元白敘事之風格，可由詩作中可觀者焉。〔註 58〕

李廌拜師於蘇軾，故文風深受其影響，李之儀在讀蘇軾與李廌之

〔註 56〕【宋】張邦基：《墨莊漫談》卷二，收錄於《百部叢書集成——稗海》（台北：藝文印書館，1965 年），頁 8。

〔註 57〕【元】脫脫等撰、王雲五主編：《宋史・李廌傳》第十冊（台北：台灣商務，2010 年），頁 5321。

〔註 58〕參見張高評：《宋代詩派敘錄》（國立成功大學中文系：行政院國家科學委員會專題研究計畫成果，1993 年），頁 24。

文時，就感受到兩者頗有相通之處，其評蘇軾文云：

> 有如長江巨浸，千里一道，滔滔滾滾，到海無盡，如風雷雨雹之驟作，崩騰洶湧之先擊聳，聳一時之壯觀，極天地之變化。〔註 59〕

又在李廌的文集所作序文中稱：

> 吾宗方叔，初未相識，得其文於東坡老人之座。讀之如泛長江。遡秋月，直欲拿雲上漢，不知其千萬里之遠也。……東坡笑相謂曰：子何諦觀之不捨耶？斯文足以使人如是。……吾嘗評斯文如大川湍注，晝夜不息，不至於海不止。〔註 60〕

由此可見，由同爲蘇軾門人李之儀在讀完蘇軾與李廌之文後感覺二者頗爲相似，可推論出李廌在文學方面受蘇軾影響之深。

在律賦的部分，蘇軾善於議論，李廌亦有相同的特徵。如〈仕而優則學賦論〉〔註 61〕：「仕欲行道，功期致君。既政優而能裕，當學殖以爲勤。」及在〈湯刑勸善賦〉〔註 62〕論證如何用刑可使人向善的觀點，多以議論爲主，並多爲頌贊典禮題，而抒情類的則不多，大多數爲議論見長。再者，〈武當山賦〉〔註 63〕：「天子治鑑太清，道法自然。合明於日月，體德於乾坤。」本爲詠物賦，卻以仁義、品行立意，以及〈松菊堂賦〉〔註 64〕亦是如此。可證李廌的能言善道與辯才無礙之事，更可得證此師徒二人無疑中，在文學上增添了幾此佳作。

〔註 59〕【明】陶宗儀、《說郛》收錄於《文淵閣四庫全書》，第 877 冊（台北：台灣商務印書館，1986 年），頁 381。

〔註 60〕孔凡禮：《三蘇年譜》（北京：北京古籍出版社，2004 年），頁 1890。

〔註 61〕【宋】李廌：《濟南集》卷五（台北：商務印書館，1975 年），頁 22～23。

〔註 62〕【宋】李廌：《濟南集》卷五（台北：商務印書館，1975 年），頁 25～24。

〔註 63〕【宋】李廌：《濟南集》卷五（台北：商務印書館，1975 年），頁 8～9。

〔註 64〕【宋】李廌：《濟南集》卷五（台北：商務印書館，1975 年），頁 18～19。

然其詩作皆收錄於《濟南集》之中，少時李廌以一首〈題郭功甫詩卷〉〔註 65〕才學見於鄉里，實乃欣賞郭功甫的風格加以仿效其風格，隨著年紀增長加上不斷密切地與蘇軾，不論是生活、文學上頻繁的書信往來，進而影響他創作風格最深者，仍非蘇軾莫屬，李廌與當代文人對蘇軾的崇敬可以從《師友談記》〈東坡帽〉中略知一二：

> 東坡先生近令門人輩作人不易物賦，或戲作一聯曰：「伏其几而襲其裳，豈爲孔子；學其書而戴其帽，未視蘇公。」廌因言之。公笑曰：近扈從燕泉醴，優人以相與自夸爲戲者。一優約：「吾之文章，汝輩不可及也。」眾優曰：「何也？」曰：「汝不見吾頭上子瞻乎？」上爲解顏，顧公久之。〔註 66〕

文中論及文人以爲坐在書桌前，穿著跟孔子一樣的衣著就是孔子，讀書時戴起蘇軾常戴的帽式就是蘇軾，皆是學其皮而未得其骨，有其樣而無其量。但可見當時蘇軾文學造詣之高，除了各文體創作風格爲後進文人所效之外，甚至平民百姓亦效其衣著之，就以爲自身便有了蘇軾般的才學，實爲逗趣，卻也映證了蘇軾爲宋代文壇界的翹楚。另在《濟南集》中收錄，許多師友間互相討論講書技巧〔註 67〕、爲人處世和文學技巧，其中講述賦的篇幅多達十一篇〔註 68〕，由蘇軾讚賞秦少遊之賦作，從而相互與詩友們賞析，並加以探究其賦的技巧。

從以上總結，蘇軾與李廌之間緊密度勝過於其他門人，或許因爲多了李廌爲故人之子這層關係，加上李廌勤與蘇軾往來亦是原因之

〔註 65〕【宋】李廌：《濟南集》卷（台北：商務印書館，1975 年），頁 31～32。

〔註 66〕【宋】李廌撰、孔凡禮點校：《師友談記》（北京：中華書局，2002 年），頁 14。

〔註 67〕【宋】李廌撰、孔禮凡點校：，〈東坡言范淳夫得講書三昧〉，《師友談記》（北京：中華書局，2002 年），頁 14。：「東坡先生嘗謂某曰：范淳夫講書，爲今經筵講官第一。言簡而當，無一冗字，無長一語，義理明白，而成文粲然，乃得講書三昧也。」

〔註 68〕【宋】李廌撰、孔禮凡點校：《師友談記》（北京：中華書局，2002 年），頁 18～20。

一。然蘇軾不論是在生活、文學創作、爲人處世、甚至於仕途上，都給予李廌極多的協助，不但，使李廌的文學更爲精進；生活上亦可略爲寬裕；爲人處世亦成熟許多；可惜於仕途仍是扼腕，最後無疾而終。

五、版本源流考

在於版本源流考中，筆者主要是根據任美林《李（鹿）》及《濟南集》研究》中，所做詳盡的描述，而《濟南集》的成書是由李廌之子李偰嘗編爲集，又據政和六年李之儀《濟南集月巖及序》:「方叔沒後八年，其子穎秀川集其文爲若干卷，號《月巖》。」可推論李廌逝世後八年（西元 1116 年）就有人將其作品即成集問世，但成書卷數不詳，傳世情況亦不詳。在《直齋書錄解題》〔註 69〕中收錄了蜀本《蘇門六君子集》記載《濟南集》有二十卷；又《蘇門六君子》〔註 70〕：「其文皆從諸家集中錄出凡《淮海集》十四卷，《宛邱集》二十二集，《濟北集》二十一卷，《濟南集》五卷，《豫章集》四卷，《後山集》四卷，……。」而《宋史藝文志》〔註 71〕亦記載《濟南集》爲三十卷。以上可得知目前文集所記載的《濟南集》的卷數不一，亡佚失傳與版本的部分，由任美林做了一番調查研究，其調查中記錄，今存《濟南集》八卷，爲乾隆時四庫館臣輯自《永樂大典》。在《欽定四庫全書總目》載:「《濟南集》宋李廌撰……南渡之初已爲罕見，後遂散佚不傳。」而在《四庫提要・濟南集》〔註 72〕中載:「《濟南集》八卷，宋李廌撰，……永樂大典修於明初，其時原集尚存，所收頗夥，采掇編輯十尚得其四五，蓋亦僅得存矣。」

〔註 69〕【宋】陳振孫撰、王雲五編:《直齋書錄解題》(台北：商務印書館，1978 年)。

〔註 70〕【南宋】陳亮:《蘇門六君子文萃》一書收錄於王雲五主編:《四庫全書總目》卷一八七，(上海市：商務，2002 年)，頁 2626。

〔註 71〕【元】脫脫撰、王雲五主編:《宋史藝文志》(台北：台灣商務，1966 年)。

〔註 72〕【宋】李廌《濟南集》八卷，收錄於《欽定四庫全書・集部三・提要》(台北：商務印書館，1975 年)，頁 1。

針對四庫提要爲何有「南渡之亡」之說，及「明初其集尚存」之說，任美林從《四庫全書》和《蘇門六君子》所編錄的李廌散文中彙整出差異性，得知《蘇門六君子》爲宋時所修，爲因應「備程試之用者」所以「頗有一篇之中勘有去首尾繁文，僅存其要語」，所以僅收文十八篇。四庫本收錄四十一篇文；且《蘇門六君子文粹》中有三篇〈寶籍堂記〉、〈上禮部范侍郎論廣文館生書〉、〈藺相如贊〉，此三篇並未見於四庫全書之中。蓋任美林以四庫本盡輯於《永樂大典》，可見明代修《永樂大典》時，必有《濟南集》文本存在，於是推論《四庫提要》中所言《濟南集》:「明初其集尚存」爲可信之說。〔註 73〕

目前《四庫全書》爲收編《永樂大典》中的《濟南集》八卷，爲清抄本。筆者彙整任美林之版本源流考，分類如下：

一、《濟南集》八卷：李之鼎宜秋館刻本，二百七十四首詩、四十一則文，存於北京圖書館普通古籍庫藏。

二、《濟南集》八卷、附《德隅齋畫品》一卷：東武李氏研錄山房刻本，二百七十四首詩、三首詞、六十四則文（加《德隅齋畫品》文），此本亦源於《永樂大典》，存於北京圖書館善本庫膠片。

三、《濟南集》八卷、附《德隅齋畫品》一卷，李之鼎宜秋館刻本，二百七十四首詩、三首詩、六十四則文（附加《德隅齋畫品》），不同於第一項的版本問題在於卷八的版本有些許的出入。〔註 74〕

四、《濟南集》八卷，附《德隅齋畫品》一卷，清抄本，二百七十四首、三首詞、五十三則文（加《德隅齋畫品》一卷），存於北京圖書館古籍庫藏。

五、《全宋文》、《全宋詩》本：《全宋文》所收《濟南集》詩，以影印文淵閣四庫全書本爲底本。

根據任美林者的研究可得知目前刻本的流傳情形，探其各版本所

〔註 73〕任美林：《李（廌）及《濟南集》研究》（陝西：西北大學，2009 年）。

〔註 74〕任美林：《李（廌）及《濟南集》研究》（陝西：西北大學，2009 年），頁 14。

收錄的詩，其總數爲二百七十四首，與張高評教授所言四百二十五首有些許差異。於是筆者就《文淵閣四庫全書》的《濟南集》統計其數量，推論可能如〈岑使君牧襄陽受代還朝，某同趙德麟、謝公定、潘仲寶昔餞於八疊驛酒中，以西王母所謂山川悠遠白雲自出相期不老，尙能復來各人分四字爲韻，以送之某分得相期不老〉〔註 75〕，乃四首詩之分；又〈同德麟、仲寶過謝公定酌酒賞菊，以悲哉秋之爲氣，蕭瑟八字探韻各賦二詩，仍賦相次八韻某分得哉悲二字〉〔註 76〕，乃八首詩之分；以及〈丙子歲三月十，有二日由嵩山宿峻極中院時，天氣清朗甚明，因以陰、壑、生、虛、籟、月、林、散、清、影爲韻詩各六句〉〔註 77〕，實乃每首六句，分別以陰、壑、生、虛、籟、月、林、散、清、影爲韻，此爲十首也。故疑因此故，才導致兩者在詩的計算數量才會有所差異。

第三節　李廌的士人精神

儒家思想所追求的是一種積極入世方式，是一種先天下之憂而憂，後天下樂之樂的精神呈現。其源自周代禮樂之後，促使人從敬鬼神而至提升爲尊重人之存在的價值，而傳統士人都有著傳承文化與濟世教化的宏大理想和使命感，於春秋時期禮樂崩壞的世代，孔子以己身爲任，宣傳儒家思想——仁以已任，死而後已。而後造就日後士人深厚的濟世精神，如孟子云：「如欲平治天下，當今之世，捨我其誰也？」。於是身爲「士人」，理所當然地將能參與國家大事視爲終生目標，把治國平天下當作崇高的理想去實踐。故李廌雖終身爲布衣，卻沒有遺忘士人精神，其完整的在詩作中呈現其士人精神，如：〈題郭功甫詩卷〉、〈月巖齋詩〉、

〔註 75〕【宋】李廌：《濟南集》卷一（台北：商務印書館，1975 年），頁 15～16。

〔註 76〕【宋】李廌：《濟南集》卷二（台北：商務印書館，1975 年），頁 3～4。

〔註 77〕【宋】李廌：《濟南集》卷一（台北：商務印書館，1975 年），頁 3。

〈曉發鄭城和德麟韻〉、〈廌茸介堂元聿作詩某次韻〉、〈黃楊林詩〉、〈施柏花〉、〈霹靂琴〉、〈趙昭赴成都府廣都縣尉以送君南浦傷之如何爲韻送之作八首之一、之三〉、〈送杭州使君蘇內相先生某用先生舊時詩方丈先人出渺茫高情猶愛水雲鄉爲韻作古詩十四首〉、〈孟浩然故居〉、〈下第留別舍弟粥〉、〈同德麟仲寶過謝公定酌酒賞菊〉、〈秋溪〉、〈某頃元祐三年春禮部不第蒙東坡先生送之以詩黃魯宜諸公皆有和詩今年求復下第將歸耕穎川輒次上呈編史內翰先生及公乞諸公一篇以榮林泉不勝幸甚〉、〈登四逸台〉、〈鹿門寺〉、〈胡爲乎行贈丘公美〉，共 18 首，彰顯士人積極的功業進取精神及曠達的自我超越精神，另又可在〈廌茸介堂元聿作詩某次韻〉〔註 78〕之中探析其一二：

吾生一漂梗，觸焉泊東周。十年歎流滯，呑默垂遠猷。

胸中猶汪陂，萬頃蟠一甌。輿羽欺鎰金，寸木傲岑樓。

圖南平生志，腐鼠詎能留。寸心徒自懺，雙鬢颯先秋。

物理有否泰，奚爲久休囚。尚愛東方朔，處汙能若浮。

悲鳴非不切，歲月老騂騮。莫笑掃一室，吾心若虛舟。

會當掃天下，歸老臥滄洲。

開誠佈公說明自己一生漂泊，追求名利十年，卻皆無所獲，如今雖有滿懷的抱負，卻無處發揮，對於李廌鮮明愛國的個性而言，無疑是巧婦難爲無米之炊，最後效倣東方朔的處世爲人精神，開懷歸隱終老。

另外，蘇軾亦在詩作中，陳述儒家淑世精神的個人體現，在〈論邊將隱匿敗亡，憲司體量不實札子〉〔註 79〕所云：「臣非不知陛下必已厭臣之多言，左右必已厭臣之多事，然受恩深重，不敢自同眾人，若以此獲罪，亦無所憾！」蘇軾如此「寄心王室」，實際上是儒家淑世精神的具體體現，而此精神不僅獨他，也是整個元祐黨人所普遍具

〔註 78〕【宋】李廌：《濟南集》卷五（台北：商務印書館，1975 年），頁 8～9。

〔註 79〕【宋】蘇軾撰、孔禮凡點校：《蘇軾文集》第四冊（北京：中華書局，1996 年）。

有，是他們參與「更化」之治的內在動力。在蘇軾的影響之下，雖為一介布衣，遊歷山林之中，卻心繫朝廷大事，並在其詩作有〈觀日出〉、〈上林道〉、〈驪山歌〉、〈題王摩詰曲江春遊園〉、〈有懷鬱下寒食〉、〈送霍子侔還都〉、〈岑使君牧襄陽受代還朝〉、〈邊城四時曲送盛瑋東玉之官平涼〉、〈天封觀將軍柏〉、〈汝州王學士射弓行〉、〈關侯廟〉之十二首中表露其李廌個人的淑世精神。例如於〈觀日出〉明確的表達出心懸朝廷、國家大事和希望國家興盛之情：

蒼崖覯出日，依稀自扶桑。初如浴咸池，蒼蒼或涼涼。

漸若賓暘谷，赫赫復煌煌。海濱升霞彩，貫地萬丈長。

攝提御天衢，一照明萬方。不願發五色，不必呈九光。

無用現重輪，無貴珥青黃。吾心願吾君，盛德如朝陽。

照臨冒下土，威名燭無疆。不復迭而微，常進熾而昌。

蟻行理雖切，丸跳比亦狂。病夫喜壯觀，蓬心遂恢張。

異時環堵宮，但見生東牆。〔註 80〕

李廌的愛國之心即便已是虛弱的病體——「病夫喜壯觀，蓬心遂恢張」，即使身無官職，仍讚揚聖上為名君——「吾心願吾君，盛德如朝陽。」為了國家昌榮、民生安足之事讚許當今聖上。然又因其出生、成長之地理位靠近北方邊疆的緣故，對於國土邊境外患之事，更是感受甚多，於是可在〈關侯廟〉中，遊歷參訪完後，藉由廟宇本身歷史涵義來描述對於國家邊關外患一事的見解：

三方各虎踞，猛將皆成群。屹然萬人敵，惟髯稱絕倫。

仗節氣蓋世，橫矟勇冠軍。艱難戎馬間，感慨竹帛勛。

鳳闕控蠻楚，廟食漢江濆。神遊舊戰地，庭樹起黃雲。

〔註 81〕

〔註 80〕【宋】李廌撰、孔凡禮點校：《師友談記》（北京：中華書局，2002年），頁 1。

〔註 81〕【宋】李廌撰、孔凡禮點校：《師友談記》（北京：中華書局，2002年），頁 7。

在於地理位置上，宋代邊境環繞著遼、金、西夏三者外患，「三方各虎踞，猛將皆成群。」從歷史角度來看，趙氏王朝爲了鞏固自己的地位，崇儒棄武，宋代文學因此而蓬勃興盛，但從另一個角度而言，外患問題是年年都會發生的，心願朝廷可望出現一位驍勇將軍，可保家衛國。

以上都可見李廌不斷的在詩中呈現出他愛國、淑世思想，以及不甘於屈就於布衣，積極地追求人生目標，即便是他已年老體弱，其堅忍的精神仍使他活躍在宋代文學界。

第四節　時代思想

元祐時期的政權主導，由高后所支持的舊黨掌權，並推翻長達十六年的新法，恢復熙寧之前的各種舊法。元祐時期被視爲宋代三百二十年的盛世。而事實上，朝政的情況是金玉其外敗絮其中——冗官、吏治問題。北宋的中央集權、君王專制的程度是大過於前朝，從宋太宗起，官吏問題一直以來都是統治者最爲棘手之事。

冗官之弊的起因於宋神宗時，天下官力爭頌律令所致。在舊黨的掌權之下，此現象更是舉朝皆知的重大問題。如此快速的膨脹，乃因舊黨爲了鞏固實權，又高太后垂簾、舊黨專權得朝廷之下，爲了拉攏人心，多方敞開了入仕與改官之門，最後舊黨內部有許多人替子孫謀取職位才導致冗官情況日益嚴重，冗員的後果就是冗費劇增。再者，元祐二年，黨爭於洛、蜀、朔黨爭，西夏兵馬則屢犯宋朝代國界，宋代則在軍事防禦上是採取消極地畏避之策，於是戰爭的發動權都在西夏，往往導致邊疆人民身陷於戰火之中。宋代在元祐時期的內政外交政策上，總結爲冗員、吏治問題、消極國防措施，再加上舊黨強硬手腕驅逐新黨、廢掉新法，都促使著宋代邁向積弱之勢。因元祐更化而導致新、舊黨爭所產生的消極影響，最終變成惡性循環的朋黨之爭。

朝政上雖然紛擾不斷，但在宋代文人的地位提高及自由的文化特色之下，促使了更多文人之間的文學交流，亦帶給了文人極強的群體意識，然最終形成了各具特色的文人集團。其結合之故，有政治主張相似之者、有文學思想相近，進而組成文學團體之者、有因科舉考試而形成了一種師友關係的文人群體。然蘇氏門人的結及情況較爲複雜，以上所述之各特點皆有之，但大部分人仍是以文學結緣，而成爲蘇軾門人。於李廌〈會居易齋分韻〉中，說明了蘇軾門人的主要集結對象各爲何許人也：

君子何樂胥，清夜以文會。篇章各紛拏，錦組貫珠貝。

高譚生清風，石齒漱湍瀨。安得樓蘭肉，充庖餘炙膾。

〔註82〕

蘇門之形成就是因內因外緣極其廣泛，薛端生先生以爲肇因於政治事件的推波助瀾，他認爲政治背景是文學群體產生的關鍵，蘇軾、王安石戶不見容，才會形成蘇門這個團體出現。〔註83〕但這也只是其中之一的因素，其文學活動的相互牽引、臨摹、批評，更是蘇軾門人的主要活動與向心力的形成。於是文學的來往仍爲蘇軾門人的主要活動——「君子何樂胥，清夜以文會。篇章各紛拏，錦組貫珠貝。」同時，李廌與蘇軾的相識則與大多數文人相似，因科舉或薦舉之故，而成爲師友關係的，並且同樣地持著相同的主學主張和政治理念。或許，早期稍有不同，但是在經歷蘇門文學群體的影響與薰陶之下，會逐漸趨向一致，這對於詩革新運動有其鞏固的作用存在。又《師友談記》及蘇氏門人之間的書信來往，詩歌酬唱之答多可看出這些特徵的出現，從總體而言，蘇軾文人集團是個有極強的向心力的團體。此類文人集團相較於其他團體，功利性較少，成員與成員之間的關係亦較單純，他們以文會友，其文學交流集團活動的主導性。而文人集團的活動，

〔註82〕【宋】李廌撰、孔凡禮點校：《師友談記》（北京：中華書局，2002年），頁13。

〔註83〕參見薛端生：〈蘇門、蘇學與蘇體〉，《文學遺產》第五期（河北省：中國社會科學文學研究所，1988年）。

對於宋代文學的交流與創作發揮莫大的作用。

探討北宋士大夫因各種不同因素而集結成群，其歷史背景爲北宋政策——三冗，冗兵、冗吏、冗費所帶來的積貧羸弱的窘境，爲此士大夫呼通變救弊，振興國治。范仲淹發起慶歷新政、王安石繼接展開變法運動等，引起朝中老派的人反對，遂成新舊黨爭，相對地凸顯出宋代政治的活躍，亦展現雙方激烈經世致用之論爭。〔註 84〕

然宋代的士大夫是以科舉爲基礎而產生出來的儒士，將「經世濟民」作爲政治信念，事實上，不少人是想通過科舉考試來實現其「升官發財」的夢想，爲了在官場能出人頭地，他們利用同鄉、同宗、同學、同行等各種「關係」構築起關係網，並利用各種關係策動政治鬥爭，樹立黨爭派別，爾虞我詐。

因此，宋代黨爭之事，從朝政大事、文學主張到個人的芝麻綠豆大的私事皆可以拿來做文章，其帶動起巨大的漣漪不可忽視。每個個體主體則皆處於被「紛紛爭奪」的名繮利鎖的緊箍之中。因此，「身自不安」——畏禍及身成了元祐黨人的普遍心理，驅使對個體主體自我命運和生命價値的反省，渴望自由、自主，祈求自我性情的怡悅。

經歷熙、豐新政，「元祐更化」和紹聖以後的「紹述」三個發展階段，促使形成當世經用與黨同伐異的主體性格。然北宋黨爭有別於其他時代的黨爭，在於興起文字獄，以「文字」抨擊異黨並燒毀禁止「文字」，更以政治干預「文字」創作。皆因北宋文化的時代封閉性、排他性、喜同惡異和黨同伐異的性格，而其三次發展期的共同點，就是不斷地破壞，再不斷建設，促使原本就以儒立國、重文輕武的政策之下的宋代，即可振興儒家又創建宋學的主要推力。但亦因喜同惡異和黨同伐異的性格，互相踐踏了文化，阻礙文化的健全發展。〔註 85〕

〔註 84〕參見沈松勤：《北宋文人與黨爭——中國士大夫群體研究之一》（上海：人民出版社，1998 年），頁 2。

〔註 85〕參見沈松勤：《北宋文人與黨爭——中國士大夫群體研究之一》（北京：人民出版社，1998 年），頁 4。

在散文及議論文中，不斷加固於紛紛爭奪與身自不安的困境中，而詩歌創作的方面則爲自我營造一個可供靈魂安息、心靈悠遊的世界。元祐文學主體發展出雙重性格特徵，以及元祐散文和詩歌創作的不同價值取向。〔註 86〕然朋黨形成的構造：是以 patron-client（保護—委託）關係爲軸心，以地域、學習、血緣、工作關係爲代表的日常網絡中的諸因素的結合，形式更爲牢固的一些政治集團，依據特定的政策，意識型態性的政治思想的形成、或者特定的官僚組織甚至是政治體系，有強化集團結構的傾向。〔註 87〕因此范純仁對於惡性朋黨之爭而導致仕風敗壞發表他對於此問題的看法：

> 朋黨之起，皆因去向異同，「同我者謂之正人，異我者疑爲邪黨。」即惡其異我，則逆耳之言難至；即喜其同我，則迎合之佞日新。以至眞僞莫知，賢愚倒置，國家之患，率由此也。〔註 88〕

對於宋代當時因朋黨而造成的亂象，並導致國家滅亡而憂心。然在文學創作上，自熙寧以降，形成了三大文人團體：一、王安石以及門生故吏爲主的新黨文人，二、蘇軾與蘇軾門人，三、黃庭堅與江西派文人，三者的共同點爲皆具有以詩友爲紐帶爲連結的特點。其三者之間有著深厚師友關係淵源，在創作上亦有著共通點，但在政治上卻是對立的。然蘇氏文人在新黨文人的迫害下，許多人都提早結束了政治與文學的生涯。〔註 89〕黨爭的影響直接具體反映在創作中，因爲其士風以官僚、文人、學者三者集於一身爲主，於是意外的形成黨爭與文學創作之間的互動，以牽動著創作心態與創作價值與主題的取向。

〔註 86〕參見沈松勤：《北宋文人與黨爭——中國士大夫群體研究之一》（北京：人民出版社，1998 年），頁 304～305。

〔註 87〕【日】平田茂樹：〈宋代朋黨形成之契機〉，收錄於《宋代政治結構研究》（上海：上海古籍出版社，2010 年），頁 52。

〔註 88〕【元】脫脫等撰、王雲五主編：《宋史・范純仁傳》（台北：台灣商務，2010 年）。

〔註 89〕參見沈松勤：《北宋文人與黨爭——中國士大夫群體研究之一》（北京：人民出版社，1998 年），頁 5。

紹聖以降，新黨興起，紹述之政由新黨掌握後，便開始反擊舊黨元祐黨人，從紹聖至崇寧，亦出現全面性的黨錮，眾多士大夫因而相繼被罷黜遭貶，謫遷流離，歷經此雙重的打擊，心理層面所受的影響，驅使當時的創作主體多以感懷興寄爲主。

第五節　結語

筆者依照趙國蓉期刊論文中所細心分類出的時間排序的方式，將李廌與蘇軾之間的交往過程再加以細分出來，兩人往來的時間脈絡，以及從《蘇軾文集》、《蘇軾詩集》、《墨莊漫談》、《老學庵筆記》、《鶴林玉露》等書中，舉證出兩人密切的來往關係的紀錄，因此更查證出，蘇軾與李廌二者的關係脈絡，比其他蘇軾門人更加有師生關係的呈現，並將科場舞弊一案與李廌乳母自縊一事做了文獻上歷史澄清。蘇軾在生活、創作、爲人處世、仕途上，從資料中，得知無疑地蘇軾在相當程度的幫助李廌，幫助其不論文學或是性格上都有成長；促使他從一個不分輕重浮躁近利之人，轉而成爲更爲成熟穩重之人，實乃蘇軾之功也。也因此蘇軾無形中成爲了李廌在各方面的準則模範，甚至是精神指標，以至於最後蘇軾逝世之後，導致他進而無心於仕途的追求，轉而歸隱山林遊歷與農耕生活。

在版本源流的問題，參見任美林的研究，將其彙整出來。其中關於任美林所提及《濟南集》詩作數量與台灣張高評教授所統計出的數量有所差異，於是摸索中，發現可能古籍著書無標點府號，其詩名容易使人混淆所造成的一點小差錯，故有其數量上的差異。

在蘇軾與李廌的書信以及歷史見證中，有些學者將李廌汲汲於名利，歸咎於家中貧困，而當時的時代背景，平步青雲是文人擺脫窮困的方式之一，於是，並非李廌爲一個追求勢利之人，實乃環境所迫。有幸拜蘇軾爲師，在其指導與幫助下度過許多難關。雖然最後仍是一介布衣，但流傳於後世的文學創作仍有文學與歷史價值。

第參章　李廌《濟南集》詩作中的思想

宋代文人是有別於各朝代的文人，其士風爲官僚、文人、學者三者集於一身爲主，因此文人有著多重角色於一身，於是每位文人在飽讀詩書之後，皆以當朝爲官爲志向，大部分的儒生寒窗苦讀之後，把儒學當作未來現實的考量的工具，將其視爲入仕領俸祿的墊腳石。又經歷過歐陽修「慶歷新政」，針對科舉制度的文風糾正，和王安石「變法時期」，提出科舉以策論爲重，藉以選拔出眞正的人才，到最後因皇帝「崇文」，以及完備的科舉制度，從宋初起，科舉錄取之量，逐年攀升當中，雖然其中幾次科舉停貢，亦有錄取量下滑趨勢，但的宋眞宗之後至元祐年間，使得文人晉升機會大量增加〔註1〕，在元祐三年時期（西元 1089 年），晉升的文人已四千七百三十一人之多。但李

〔註1〕劉伯冀：《宋代政教史》（台北：台灣中華書局，1970 年），頁 951～952。：「宋初，貢舉之疏數，取士之多寡，惟帝所命。太祖時取士，仍沿唐舊制，每歲多不過二三十人。開寶二年，時全國未統一，安德裕作魁日，九人而已。太宗朝，進士之數突增，取士亦多。太平興國二年，諸道貢士五千二百餘人，太宗以郡縣闕官頗多，賜進士諸科五百人，比舊二十倍，遽令釋褐。八年，貢生至一萬零二六十人，淳化三年，因前兩年詔權停貢舉，至是集闕下者突增至一萬七千三百人。眞宗時，咸平五年，一萬四千五百餘人。景德二年四月，皆一萬三千人。大中祥符元年，一萬二千人。天禧三年，四千三百人。嘉祐二年，六千五百人。元豐間，八千人。元祐三年，四千七百三十一人。宣和六年，又漲至一萬五千人。

廌仍舊爲此扼腕，於是將滿腹的愛國情操、文人之責、當官之職，亦是當代文人所追求的原則——內聖外王、以天下爲己任、忠義剛正、淑世等精神，在其詩作中流露出來，飄散出一股濃濃的「愛國」氣息，身爲國家的一份子，儒家的一員，此正統的儒家思想一直是李廌思想中的重要環節。

北宋原是一個有著優越的文化背景的朝代卻因內憂外患的變幻而漸趨惡化，使得生活在這一時期的李廌，經歷著各階段的挫折之後，其心態由最初的慷慨激昂、熱衷政治最終轉向了消沉淡泊，安於現狀。元祐六年（西元 1091 年）再次落第之後，爲李廌思想上的轉折點，歸隱之心萌起。在第二章論述李廌如何從一名浮躁近利之人到歸隱山林農耕，除了蘇軾的諄諄教誨的成果之外，再者是蘇軾逝世之後，原本生活中心都圍繞著蘇軾，兩人不論是生活、創作、爲人處世、仕途上都有著密切聯繫，故蘇軾在李廌的生活中，所扮演的亦父、亦師、亦友的角色。如今，隨著蘇軾逝世亦無心戀棧平步青雲的追求，轉而嚮往心靈自由的生活。

李廌自小便接受叔父嚴格教育之下，就有刻苦讀書的學習精神，對此培育之恩點滴在心，曾自述：「故廌今也雖不肖，然亦能讀書學文，敢與士齒，實有由焉。」(《李母王氏墓誌銘》)，因此奠定了深厚的儒學基底，身爲儒家的一份子的李廌，可從〈故諫議大夫鮮于公欲作新堂，以傳世譜名曰，卓絕內相先生題其名曰蜀鮮于氏卓絕之堂，某以此八字爲韻作八詩蓋鮮于公頃嘗俾某賦之而三子以求其詩，故原其古而美其今以頌美之〉之八當中，見其儒家思想的影響之深：

吾觀孔父鼎，知有名世哲。

英英大諫公，克世嗣前烈。

翱翔金鑾坡，白首貫忠節。

後昆有斯人，譜系愈卓絕。〔註 2〕

〔註 2〕【宋】李廌：《濟南集》卷一（台北：商務印書館，1975 年），頁 14～15。

孔夫子的精神如淘淘長江之水、連綿不絕，世世代代皆有文人繼承其精神，並持續茁壯當中，不論是在朝爲官或是入世爲民分擔，依舊還是以直接與間接地方式繼續在政治舞台上散發光彩。

在蘇軾門人當中，李廌的儒家思想較其他門人更爲直白與強烈，儒家思想是貫徹「修身、齊家、平天下」的思維，而後變成追求一種積極入世、順境和謀求名利的人生道路。可從〈聖學論〉〔註3〕中諫請國君——「進聖人之學，以充聖人之道」，以及建議朝廷用學之說——「發揮孔孟之正道，黜薙百家邪說」，又在其〈仕而優則學賦〉中談到士人當優則學，方能協助君王在施政之時能有完善的方案，皆是仕人作好其本分，督促、分擔君王在制定政策之萬全，則社會安定、國家繁榮，然必有餘力之際尙須潛心學古，方可更上一層樓：

> 仕欲行道功其致君既政優而能裕，當學殖以惟動勤初委質以在公，有兹餘力宜潛心而師古益務多聞，且夫志於聖人不苟之君子，謂習以學優也。〔註4〕

至於佛家思想方面，是站在反對的一方，因宋代佛教出現一種亂象——買賣度牒。入寺爲僧若是爲了衣食生計或逃避徭役而爲僧，或在缺乏父母之許可的情況下，則不被允許。對於出家是絕對需要父母的許可，其要求源自宋代的法令「慶元條法事類」之道釋門的違法剃度門釋令一節中有「或無祖父母、父母之輩聽許文書者，不得爲童行。」之規定。〔註5〕

〔註3〕【宋】李廌：《濟南集》卷六（台北：商務印書館，1975年），頁12。
〔註4〕【宋】李廌：《濟南集》卷五（台北：商務印書館，1975年），頁22。
〔註5〕高雄義堅著、陳季菁譯：《宋代佛教史研究》（台北：華宇出版社，1987年），頁16。「『慶元條法事類』中不允許作童行的一切情況如下：一、男子十九歲女子十四歲以下。二、曾還俗者。三、遭笞刑者。四、避罪逃亡者。五、無祖父母者、父母之允許文書者。六、男子有祖父母、父母而子孫未成丁的情況。七、或是主户未滿三丁時。八、一旦童行的資格係帳後（徒弟從師出家，記名於寺觀，造籍上祠部聽候試經業，謂之係帳）卻遭文刺或笞刑，以及犯私罪者，其罪即使被恩赦原免，也不允許作童行。」

但在探究有關買賣度牒的規定和其實際狀況，宋代度牒的鬻賣，眾多學者一致認爲是開始於神宗時代。至元豐元年中，空名度牒的發行量高達一萬道。但到神宗駕崩、哲宗即位後，由舊黨掌握政局，曾一度禁止賣度，之後，徽宗時期，新黨的蔡京當政，度牒買賣因官方可得優渥財政來源之故又再一次死灰復燃。在王栐的《燕翼貽謀錄》卷五就記述：「宣和七年，以天下僧達逾百萬人」，與天禧五年的僧道數四十八萬（《宋會要道釋》）相比是當時的二倍；與熙寧初年的廿七萬五千人，則增加至將近四倍，可想當時鬻賣的情況是多麼氾濫。再者，宋代以後，敕額下賜的意思背離當初佛寺保護政策的原意，轉而成爲王室積功累德的目的。由於在僧徒接連地要求賜額，終於使宋代寺院素質進入極其雜亂的地步，更使得對於無額寺院的賜額過於濫觴。〔註6〕在國家正需用人之際，卻又有數十萬人剃度爲僧，而導致國家走向衰敗之際，有悖於儒家思想的自任以天下之重的入世精神。於是乎，在〈浮國論〉〔註7〕中，雖說佛自「聖人道微之時，乘間竊入中國……，盤根滋蔓，爲弊於後。」是一種非強制性禁止的主張，卻相對地採用以限制的方式，身爲門人之一的李廌有著不同於蘇軾與韓愈的想法——重儒、排佛。但無悖於蘇軾的思想，在《師友談記》〈東坡言勾當事家事〉中曰：「某謂景仁雖不學佛而達佛理，雖毀佛罵祖，亦不害也。〔註8〕」證明蘇軾有容乃大的氣度與寬闊的思維。而李廌從少時就具有濃厚的淑世思想，認爲坐禪悟經之事，不該是身爲儒士之人所爲，對於在李廌的在文人學佛的看法觀念上，認爲這就國家而言非益事，對人民而亦非福事，認爲身爲文人當入世，做出爲國爲民的福祉，才是身爲文人的本質。

嘉祐年間，歐陽修曾有似傳承意味地，謂蘇軾曰：「我老將休，

〔註6〕 高雄義堅著、陳季菁譯：《宋代佛教史研究》（台北：華宇出版社，1987年），頁23~56。

〔註7〕 【宋】李廌：《濟南集》卷六（台北：商務印書館，1975年），頁6。

〔註8〕 【宋】李廌撰、孔禮凡點校：《師友談記》（北京：中華書局，2002年），頁35。

付子斯文。〔註9〕」而後，蘇軾亦以同樣的話囑咐蘇軾門人，於〈東坡以異時文章盟主勉門下諸君〉中：「方今太平之聖，文士輩出，要使一時之文，有所宗主。昔歐陽文忠常以是付任與某，故不敢不勉；異時文章盟主，責在諸君，亦如文中之付綬也。〔註10〕」意味著蘇軾與門下弟子是以持續宋文學發展的持續性和永續力、興盛文學事業爲己任的，這點文學史中即映證了當代文學的繁榮發展。

作爲蘇軾門人，李廌的詩歌成就仍不及江西派開山之祖——黃庭堅，亦不及其師蘇軾，但李廌仍是一個多產的詩人。從現存《濟南集》中，存有四百二十五首作品，則周紫芝亦云：「自非豪邁英傑之氣過人十倍，其發爲文詞何以痛快，……誠所謂不羈之才。〔註11〕」又李之儀稱其如：「大川東注晝夜不息，不至於海不止。〔註12〕」可見其自身個性不羈，和文學創作量之多。從十九歲時，就以〈題郭功甫詩卷〉〔註13〕七言十六韻，洋洋灑灑地千言縱論當今詩壇情況，筆鋒凌厲，不受任何限制與依傍，獨具開創性、拓展性：

> 蚩蚩眾目如瞽矇，白馬羽雪皆皚皚。
>
> 古有仁賢不愚者，舉足窶路心徘徊。

在詩中，李廌很欣賞郭功甫的文采，甚至認爲其實力可擔任當時詩壇壇主。在作品中皆可探析到李廌慣於豪放風格，即興的發揮來自於才思敏捷的底子，面對感興趣的主題便會滔滔不絕的高談闊論，筆鋒豪邁鋒利，卻相對地容易失去主題重點的缺點。舉例在〈送杭州使君蘇內相先生，某用先生舊詩方丈仙人，出渺茫高情猶愛水雲鄉爲韻，作

〔註9〕【宋】蘇軾撰、【明】茅維編、孔凡禮點校：〈祭歐陽文忠公夫人文〉，收錄於《蘇軾文集》卷六三（上海：中華書局，2011年），頁1956。

〔註10〕【宋】李廌撰、孔凡禮點校：《師友談記》（北京：中華書局，2002年），頁44。

〔註11〕【宋】李廌：《濟南集》卷六（台北：商務印書館，1975年），頁1。

〔註12〕【宋】李廌：《濟南集》卷六（台北：商務印書館，1975年），頁1。

〔註13〕【宋】李廌：《濟南集》卷三（台北：商務印書館，1975年），頁3～5。

古詩十四首〉〔註14〕中：

小人雖嗜學，歲月空屢勸。同門進鴛鴦，登瀛校書芸。

嗟余老西河，索居久離群。從龍從上下，愧彼油油雲。

此讚頌蘇軾的德行與才學，及慶賀其師又能再次被朝廷所任用，是國家與人民之福祉，然在十四首詩之中，可能亦借此抒發心頭鬱悶之情，而添入了感嘆自身仕途不順的無奈，與渴望進書芸閣的心願。而又在〈上姑丈閭丘通牧少卿〉〔註15〕一詩中：

天下一大器，安危繫平傾。哲王愼民監，措術如合羹。

辛甘或偏長，非可制割烹，五味既可口，君子嘗曰平。

……

孤生何所罹，自幼憂患縈，遭家屢不造，省始離呱喤。

……

曲蒙惠私重，哀愚私獨惸。

詩中從論明君之道，在關心民情如調製羹湯一般審愼，當適時加以施行政策，了解民情，當能做爲明君之職，但最後傾訴自身不得志又孤苦的心聲。可推論李廌的文學造詣不錯，但性情易於衝動，是個直言以對的人，故在詩作中，將其描述之主題呈現完之後，轉而傾訴自身，或是原想陪襯主題之意境卻不經意地過逾越了原意，所以可說此人才思過於敏捷，卻易於衝動。

隨著年紀越長及仕途不順遂，加上蘇軾屢屢教導與勸戒，促使李廌不再執著於追求仕途之道，展一身之才的理想。亦或許將這些苦楚與無奈慢慢放下，唯有送友爲官之時，並偶爾在詩中抱怨一下牢騷。

以上陳述中，可得知在李廌詩作當中，因環境因素、個人性格、才學特長，而導致其所創作的詩賦之中，看出李廌強烈的愛國情操與

〔註14〕【宋】李廌：《濟南集》卷一（台北：商務印書館，1975年），頁18～20。

〔註15〕【宋】李廌：《濟南集》卷二（台北：商務印書館，1975年），頁11～12。

見安思危的儒家思想，也一再證明李廌濃厚的儒家思想，然因落第之故、薦引不成後，此理想化爲一縷輕煙，圍繞著李廌以至於最後歸隱農耕、遊歷於山林之間。

第一節　「儒之德」——士人思想

宋代因爲印刷術興盛，相對的推動起一股讀書風氣的興盛、促進文學蓬勃發展，爲學求眞務實。因此，宋代文人學術涵養淳厚，創作、評論質量兼備，文學創作博通古今、雅俗兼融，強調通經致用、推陳出新。在《濟南集》中，呈現濃厚的士人道德，這是來自於儒家思想的薰陶，這種道德精神，是周朝以降，天命之謂性，率性之謂道，修道之謂教。將人從天命神鬼的盲目崇拜之中跳脫了出來，人的價値逐漸往上提升。

然當時士人普遍秉持著內聖外王、以天下爲己任和忠義剛正等精神，以及重氣格，指得「氣」即孟子所言的「浩然之氣」，和「格」即是人格、品格，並且延伸出「立德」、「立功」、「立言」的價値觀，給士人指出了一條功業無望之後的退路。周代士人主張使天德下貫爲人德，人德上齊於天德、天人同德，足見德行乃君子、國家的基石。孔子認爲士人最應該具備的是「德」，此乃學習儒家思想中首要的修養。在《南史》記載：「漢世士務修身，故忠孝成俗，至於乘軒冕。」〔註 16〕於是士人才眞正地走上修德之正途。自漢以降，隨著歷史的變動，但修德仍爲爲人的首要目的。蘇軾亦與李廌的尺牘中提及：「深願足下爲禮義君子，不願足下豐於才而廉於德也。〔註 17〕」，蘇軾認爲文人不光是要有深厚的文學底子，最重要的是「德」的培養。而李廌自小即接受叔父嚴

〔註 16〕【唐】李延壽：《南史》卷七十四（上海：中華書局，1997 年），頁 482。

〔註 17〕【宋】蘇軾撰、孔禮凡點校：《蘇軾文集》第四冊（北京：中華書局，1996 年），頁 1420。

厲的儒家教學〔註18〕，自然而然從小就被灌輸了「剛正不阿」的道德精神，人生所追求的亦是如此。

因此李廌稱讚他人之時，亦必先以「德」入詩，如於〈送杭州使君蘇內相先生時，舊時詩方丈仙人出渺茫高情，猶愛水雲鄉為韻作古詩十四首〉之六中——「道德富瀛海，自谷輸浩渺。雲夢吞什伯，坐映黃陂小，斯文再炳蔚，精義凌縹緲。〔註19〕」和《上翰林眉山先生》：「黼黻文華國，淵源德潤身。」讚許蘇軾的德性有如瀛海一般如此浩瀚。另於〈小蘇先生九三丈自司諫拜起舍人廌做詩以賀〉中：「德鎮千鈞重，文輝萬丈長。〔註20〕」稱讚蘇轍，也是先論其德性之厚重，後再論其文章之悠長。足以證明，在蘇軾的教導以及儒家思想的影響之下，使得李廌亦注重德性。周敦頤曾提出「文辭，藝也；道德，實也。不知務道德，而第以文辭為能者，藝焉而已。」(《通書・文辭》)，並將其視為個人立身的重要原則，然身為文人若德性不佳，其文雖良亦無精髓可言。

而在〈范太史講禮謂擬人必於其倫〉〔註21〕一文中論述：

> 太史公嘗講禮曰：「擬人必於其倫。先儒之説，謂擬君於君之倫，擬臣於臣之倫。以為特位而已。」擬人必以德為貴。桀、紂，人君也，謂匹夫為桀、紂，奇人必不肯受。孔、孟，其人必不敢當。」

可見「德」在儒家思想中，有其重要之意涵，為人者必先要有「倫」，而其「倫」之分，又可分為為君者、為臣者之分，所以為人者必以德

〔註18〕【宋】李廌：〈李母王氏墓誌銘〉，《濟南集》卷七（台北：商務印書館，1975年），頁23。：「廌少不夭，嘗游寓東越，吾叔曰：吾兄有志不就，其孤過時不學，則為門户羞，乃具舟楫，涉江湖，躬至句章趣，廌還長洲教字於家叔……而又伯父律下嚴忌，繩己亦切，或小有過差，則自箠於廟，諸弟及其婦相與請罪，乃許改事。即出大鼎於庭，命之曰：斯鼎也，一人扛之則莫舉，眾人共之。」

〔註19〕【宋】李廌：《濟南集》卷一（台北：商務印書館，1975年），頁18～20。

〔註20〕【宋】李廌：《濟南集》卷四（台北：商務印書館，1975年），頁12。

〔註21〕【宋】李廌撰、孔禮凡點校：《師友談紀》（北京：中華書局，2002年），頁7。

爲貴。而受儒家思想影響，又受蘇軾之教導，對於李廌而言，遵行「德」乃是爲文人之職以及文人之本。

第二節 愛國思想

儒家思想深根於心的李廌以天下爲己任，懷抱著經世之志，期盼能有個建功立業的機會，因此，時常推著裝載自己的作品的推車在達官貴人門前等候，或贈送其作品，對於「國家」簡直是近乎癡狂的守護著。滿懷雄心壯志在經歷過種種的坎坷之路之後，以及屢次落第，再加上李廌健康狀態欠安，促使他更想在有生之年能替國家盡一份心力，但到了終老依舊無法成真。然而將這份愛國情懷寄情於作品之中，在《濟南集》卷六中，論其兵法的篇章爲：〈兵法奇正論〉、〈聖學論〉、〈浮圖論〉、〈愼兵論〉、〈將心論〉、〈薦舉論〉等七篇，展現出個人獨特的兵法思維。例如從〈兵法奇正論〉言其兵法之文，層層分析、步步深入，藉由后羿善射、魯班善工爲例，借喻兵法奇正之重要性，又以其正反論點論述奇變之通變：

> 人人皆習，我亦習焉；人人皆能，我亦能焉；是亦眾人也。以眾人敵眾人，尚何能必勝！故奇正之理，古人議而不辯，不可論也。……能正不能奇，守將也；能奇不能正，鬥將也。守將可以用奇功，鬥將可以用正老。能奇能正，乃國之輔。〔註22〕

再者〈愼兵論〉論及爲王者當愼之爲民，凡舉兵戰爭的行爲是如何導致人民家破人亡、妻離子散的情境發生，當設身處境爲百姓著想，所以勸用兵之舉當愼之又愼之：

> 爲民父母，奈何使民兩字相傷？……不違時，不歷民病，所以愛民也；不加喪，不因兇，所以愛夫民也；冬夏不興師，所以兼愛其民也。〔註23〕

〔註22〕【宋】李廌：《濟南集》卷六（台北：商務印書館，1975年），頁11。
〔註23〕【宋】李廌：《濟南集》卷六（台北：商務印書館，1975年），頁15。

從國君至參戰者的心理狀態，都一一說明之，總結不論爲君、爲國、爲民其實是打從心裡——「厭戰」，從歷史的脈絡中，都可發現到一個國家之滅亡往往是國與國之間的好戰，導致國庫虧空、民不聊生、骨肉分離的歷史見證，於是，李廌發揮善辯之才，徹底地將備戰與好戰之間的關係，從秦始皇至宋太祖，論述戰始到安民始，其中層層所包圍的中心思想是——用兵要愼而又愼，提醒國君不論何種情況之下，出兵之前，當謹愼爲上，勿爲了一己之私欲，方能治國百年。因爲好戰必傷民，也有違於仁義，出發點皆爲關照其愛國之心。李廌其愛國之理念，又可見於〈上姑丈閭丘通牧少卿〉〔註24〕表露無遺：

庶民雖惷愚，一或非所營。

視之如己內，涂污千仞坑。

是用選賢德，告戒敷至誠。

曰雖一人良，萬邦咸以貞。

論述人民的資質雖然愚鈍，只要君王可視爲己出，聚集其眾，當可獲得民心，然萬分的勸戒君王在選擇臣子，當選「德」者，若有一德者，是國家之幸。

明明普天下，孰非聖人氓〔註25〕。

當求善仁政，如解中山酲。

普天之下並非每個人皆爲聖人，於是君王應當經常施以仁政，如解最後的宿醉一般。中山酒是古代名酒，據說可使人一杯醉千日，所以又稱千日酒，乃願君王施其政之效如當解其酒之力。

朕意愼許可，當賴王國禎。

〔註24〕【宋】李廌：《濟南集》卷二（台北：商務印書館，1975年），頁11～12。

〔註25〕《說文解字》：民也。詩。氓之蚩蚩。傳曰。氓，民也。方言亦曰。氓，民也。孟子。則天下之民皆悅而願爲之氓矣。趙注。氓者，謂其民也。按此則氓與民小別。葢自他歸往之民則謂之氓。故字從民亡。從民。亡聲。讀若盲。武庚切。古音在十部。

如翩皆飛鳥，遴集惟鵷鵬。

無辭逆朕意，欽哉卿惟行。

公承帝眷異，竭節期有亨。

此詩乃有大不敬之語，但或許因不在朝爲官，於是其愛國之心可以更爲公開直白呈現出來，期盼聖上謹愼行事，非有諷刺當今聖上之意，而出發點無疑亦是希望國家得以昌榮繁盛，百姓得以安居樂業。

又其詩作〈上山〉〔註26〕中比擬國事當如何爲之：

登山蓋有道，迂叟眞名論。

不困在徐行，不跌由足穩。

斯言可銘佩，萬事爲節撙。

推之爲躬行，天下國家本。

將運作國事之事，比擬爲登山之貌，應慢慢的登，克服其路途上的困難，藉由登山須親歷其境，比喻身爲君王必當萬事躬親，當可保衛國家之本。

愛國思想爲其作詩作中所呈現出的主要思想，多爲勸戒文人該當本分，與爲官該當之責，其詩作中論及此話題的數量極多，有關勸戒文人爲官之詩，大約有二十首——〈盧巖〉、〈方竹杖和功遠〉、〈天封觀將軍柏〉、〈鳳凰臺〉、〈送霍子侔還都〉、〈墨池〉、〈故諫議大夫鮮于公欲作新堂，以傳世譜名曰卓絕內相先生，題其名曰蜀鮮于氏卓絕之堂，某以此八字爲韻作八詩，蓋鮮于公頃嘗俾某賦之，而三子以求其詩，故原其古而美其今以頌之〉八首、〈夫人城〉、〈答周行己相贈行己端愼太學諸生忌之〉、〈邃經堂〉、〈嵩陽書院〉、〈同德麟、仲寶過謝公定酌酒賞菊，以悲哉秋之爲氣蕭瑟八字探韻，各賦二詩仍復相次八韻，某分得哉蕭二字〉。其中又以〈夫人城〉最爲顯著地呈顯其心中愛國、憂國、憂民之心：

庸將昧奇正，乘郭罕書勛。

〔註26〕【宋】李廌：《濟南集》卷二（台北：商務印書館，1975年），頁18。

我登夫人城，想見畚锸勤。

攻瑕既遇堅，坐制烏合群。

異時古烈婦，鮮以智勇聞。

褒稱勵愚懦，敢諷賢令君。

作傳續烈女，遠紹子政文。

壁間畫葆羽，俾如娘子軍。〔註27〕

其最發人省思爲文中提及在當時北宋邊疆前線的將領奮勇殺敵之際，作者登上夫人城，在此藉由夫人城的歷史背景，其典自東晉太元初，前秦符丕圍攻襄陽，其守將朱序之母韓氏，聞秦至，帶兵登城巡行，至西北角，以爲不固，遂率百餘婢及城中女丁築斜城於其內，及秦兵來攻，西北角果潰。晉兵移守新城，符丕乃還。直接帶出歷史中所記載實例，以此歷史實例表達出，當時李廌對於宋代戰爭紛擾之事的想法，古代有朱序之母韓氏以智取勝，反觀當時的宋代，感嘆國家連連戰事，男子皆上戰場一去不復返，田中徒留下女子爲耕，直接了當的對於文人與君王，未盡其職的爲國分憂、還加重了人民的負擔，其人直爽剛正之性格躍然於紙上，並自許自己目前所記，有如劉子政（劉向）撰寫《列女傳》一般。劉向《列女傳》中被撰寫的大多數女性形象，都是經過許多挫折、困難才得以收編入《列女傳》當中，而這些女性，通常是犧牲自己的利益，來成就男性的偉業。最初目的爲了政治，希望藉由書中所載的婦女言行，讓天子在擇取后妃，能有所警惕；爲達此目的，在所列舉的婦女中，以各種不同德行的名義記載著，書中對婦女做了幾個分類，分別是母儀、賢明、仁智、貞順、節義、辯通、孽嬖等七類，出發點爲嚴然成爲了女性該遵守的法則。李廌以此出發點來延伸出〈夫人城〉中女性形象的描繪，以及讚揚北宋女性鮮少被歷史所記載的不平凡之處。反觀女子在國家動盪之際，都知如何爲國、爲家而有所作爲，

〔註27〕【宋】李廌：《濟南集》卷一（台北：商務印書館，1975年），頁22。

然感嘆反觀當時宋代文人又有能何作爲呢？

李廌在尚未追求內心精神的修養之時，是積極的找尋發言的機會，敢言敢爲之行爲，可見於《宋史・李廌傳》中，「元祐求言，上〈忠諫書〉、〈忠厚論〉，並獻兵鑒二萬言論西事。朝廷擒羌酋鬼章，將制法，廌深論利害，以爲殺之無益，願加寬貸，當時韙其言。」元祐二年八月（西元 1086 年）時生擒西番首領鬼章，在《蘇軾文集》〔註 28〕中有記載此事，然蘇軾對此事論及用兵與否之間的利害關係，並在短短一個月裡上奏三篇議論，李廌曾亦上言論西事。在此可以了解李廌濃厚的愛國之心、愛民之情，即使是一介布衣，依舊敢於言論其國家大事，亦可證明李廌受儒家深厚的淑世〔註 29〕精神影響之深。足以見李廌愛國心是如此的急切，依此看來，果如蘇軾所言李廌有「好名急進之弊」〔註 30〕。因而不斷地在尺牘中勸戒李廌，逐漸中年之後，李廌漸漸已無進取之心，趨向淡薄名利、樂天知命的田園歸隱生活。

第三節　「道」——追求自由思想

北宋後期，在黨爭之間不斷鬥爭的環境之下，從新舊黨爭到個人政治立場的不同之爭，再加上動盪不安的政局，使得大多數的文人心理從期盼建功立業轉向對自我內心的關照和修養，對於實現理想中的政治理想和社會觀念都化爲泡影。元祐時期，士人對《莊子》保生、養生、和順天之命有著其達觀超脫思想，反射在現實生活中，生存價值與生命意義難以實現，因而轉變爲追求個人內心世界的物我合一的

〔註 28〕【宋】蘇軾撰、孔禮凡點校：〈論擒獲鬼章稱賀太子速劄子〉，《蘇軾文集》第二冊（北京：中華書局，1996 年），頁 797。

〔註 29〕《爾雅・釋詁》云：「淑，善也。」淑世、善世、濟世、救世，不單指對某一具體言論、行爲所作的價值判斷，而兼具宇宙人生的諸種理論和實踐工夫。

〔註 30〕【宋】李廌撰、孔禮凡點校：《師友談記》（北京：中華書局，2002 年），頁 14。

精神觀。因此，從懷疑未來的去向轉移至追求更多的自我人生的獨立自主、超凡脫俗，期待追求、探索內心最高的人生眞理，並獲得心靈上的自由，此點追求自由精神的詩作，可見於李廌〈憶吾廬〉中描述的心歷路程〔註31〕：

繆挾經世策，蚤衰甘湮淪。吾廬有佳趣，一廛良可親。

茂林修竹地，青山白雲人。塵埃付捷徑，風波委要津。

吾心如皦日，外物任浮雲。久厭牛馬走，欲令鷗鷺馴。

歲月既荏苒，功名定因循。執鞭吾弗能，得乘豈所欣。

畎畝樂可必，糟糠奚用勤。泥龜喜曳尾，生芻恥屢陳。

東濕雖有術，末路復誰因。願爲海底泥，肯羨山上塵。

詩中意境直白地呈現出逐漸隨著歲月的荏苒，照理來說，本該得個功名，卻事與願違。從前追求心中經世的理想已不復存，轉而追求可以一片清淨修心之地，樂於當個「青山白雲人」。再者，又自覺不適合當任教職，便轉而下田耕作，亦不再爲追求外在名利而苦惱，寧可下田工作，也不再羨慕在朝爲官之人。

又於〈足亭張康節南亭也臺數尺亭在其上〉中表達李廌從名利追逐戰場，轉換爲心靈上的追求轉折：

人生天地間，海中一浮漚。

欲求無厭心，無乃不勝求。

知足有眞樂，不然多悔尤。

淺儒急名譽，夸人矜智謀。

語默偕蟪蛄，生死等蜉蝣。（人生短暫，在天地間是多麼渺小）

不如知足者，澹然樂忘憂。

……

昔饑止願飽，既飽思膳羞。（人該知足常樂，不該貪戀物質）

昔寒止願溫，既溫思狐裘。

〔註31〕【宋】李廌：《濟南集》卷一（台北：商務印書館，1975年），頁23。

非徒漫自苦，動輒成贅疣。

相圃有足亭，可見好善優。

感嘆人生就如浮沉於大海之中，膚淺的儒生追求名譽、賣弄才學。勸戒儒生人生苦短，人在天地之間是如此渺小，生死又是如此無常，不該在政治版圖上汲汲於追求名利，還不如知足常樂。

可見李廌從年少積極的追求實現經世理想，無奈現實生活不斷的打擊，於是從儒家經世轉而追求道家自我內心精神的實現。此後，李廌的心靈寄託爲遊歷山水之樂，此部分將於歸隱之心中詳述。

第四節　歸隱思想

中國歷史上，每個朝代中皆有「隱士」的存在，最早有記載者爲范曄。他將其分爲分成六大類〔註 32〕：一、「隱居以求其志」者，指那些以隱居爲手段而求達到行其志於天下目的之人。二、「曲避以全其道」者，在時局不穩定的時刻，此類隱者可說是隱逸的主要目的。三、「靜以鎭其操」。四、「去危以圖其安」。五、「垢俗以動其概」。六、「疵物以激其情」。另在唐人姚思廉《梁書》〔註 33〕中，認爲隱者的隱逸基本上可分三個層次：最高層次者「恥聞禪代，高讓帝王，以萬乘爲垢辱，之死亡而悔，此則輕身重道，希世間出」；第二層次者「或託仕監門，寄臣柱下，居易而求其志。處污而不愧其色。此所謂大隱隱於市朝」；第三層次者爲「或裸體佯狂，盲瘖絕世，棄禮樂以反道，忍孝慈而不恤，此全身遠害，得大雅之道。」以上范曄與姚思廉的分類是以「隱者」的心態去區分，可見隱逸對於文人而言，可是另一種求仕之途、避禍之境和表明心志之用。

劉文剛《宋代的隱士與文學》中提到研究隱逸，首先面臨的是該

〔註 32〕參見林燕玲：《古代歷史文化研究輯刊 第十七冊 足崖壑而志城闕——談唐代士人的眞隱與假隱》（台北：花木蘭文化出版社，2009 年），頁 1。

〔註 33〕參見【唐】姚思廉：〈處士列傳〉序，《梁書》卷五一（台北：鼎文書局，1975 年），頁 731～732

如何區分隱士和隱逸之間差別的問題。什麼是隱士，什麼是隱逸呢？這兩個詞的含義爲因人而異，至今仍未有個準確的定義。於是大致上，其含義有狹義與廣義兩種。狹義的隱士是隱居山林的士；廣義的是凡是沒有做官的士——包括棄仕的士，皆可稱隱士。隱逸的含義則比隱士更寬泛的一個概念，凡是不願作官的行爲——包括官吏人仕前的讀書生活，落職閒居，退休，皆可稱隱逸。〔註34〕又近代學者的韓兆琦《中國古代隱士》中對於隱士的定義：

> 本來就有道德、有才幹，原是個做官的材料，但由於某種客觀或主觀的原因，他沒有進入官場；或者是本來做官做得好好的，後來由於某種客觀或主觀的原因而離開官場，找個什麼地方「隱」起來了，這就叫「隱士」。〔註35〕

然每年科舉考試貢生多達數萬人，能被入取的人數有限，使得有道德、有才幹之人，不免會紛紛落榜。科舉每三年舉辦一次，多少人的青春付諸於此，導致許多文人，最後放棄科舉，回鄉任教或是歸隱農耕山林之間。故李廌本身亦是其中之一在科舉中屢屢落榜，無法一展長才於朝政之中，於是在追尋不著心中的理想，退而歸隱農耕、遊歷山林之間，可分類爲廣義的隱士——凡無法作官的士。

宋代奇特的社會狀況，是隱逸之風昌盛的重要因素，在北宋前期，經過長年的休養生息，社會呈現一派百業興旺的太平景象，士人普遍環抱理想和大志，然而在經歷求仕失意的痛擊之後，很多人便隱逸起來，過著琴書自娛，逍遙自在的生活。邵雍《太平吟》寫道：「天下太平，人生安樂時。更逢花爛漫，爭忍不開眉？」這裡所表達的是太平年代，隱士稱心如意的心情；亦有如李廌等扼腕於無法爲官之人，另外，激烈的黨派鬥爭，也把一部份失利的官吏拋進隱居者的行列，宋代黨派多，鬥爭殘酷尖銳，此起彼落。失敗的一方，其重要角

〔註34〕參見劉文剛：《宋代的隱士與文學》（四川：四川大學出版社，1992年），頁2。

〔註35〕韓兆琦：《中國古代隱士》（台北：台灣商務，1998年），頁1。

色或遭貶謫、流放、殘殺，次要角色則自己請求還鄉或被削職爲民。因此當時士人普遍的心理，時局險惡，做官上不能就國安民，下不能享受榮華富貴，百般交結祐不得願之下？於是不願在社會上流宕，匆匆歸家，表現了亂世士人惶惶不可終日的心緒。倘若爲士不能出仕，其意味著前途的毀滅，意味著終生的夢想無法實現，同時，人格與自尊心都可能會受到極大的傷害。〔註36〕

雖然李廌深受儒家的薰陶，對於參與政治與報效國家還是抱持著濃烈的思想，但是經歷過家族、求仕之途等種種挫折之後，自幼經歷過父母早亡、二次科舉不第、事與願違於世道中，雖然心有不捨得，但李廌漸漸的看透世間渾沌的紛爭，但卻又十分看中師友之間的情誼，在舊黨失利，眾人遭貶或是辭官之後，仍與蘇氏門人有著密切的書信往來，自身不願爲了前途去屈附新學，表明了其操守甚高，並不是一個貪權附利與貪戀功名之人。因朝廷黨與黨之間的鬥爭，師友接連離散後，於是興起歸隱田園之心，早在〈某頃元祐三年春禮部不第，蒙東坡先生送之以詩，黃魯直諸公皆有和詩，今年秋復下第，將歸耕潁川，輒次前韻上呈編史內翰先生及乞諸公一篇，以榮林泉不勝幸甚〉中有所表白：

半生虛老太平日，一日不知人不識。

鬢毛斑斑黑無幾，漸與布衣爲一色。

平時功名眾所料，數奇辜負師友責。

世爲長物窮且忍，靜看諸公樹勛德。

欲持牛衣歸潁川，結廬抱耒箕隗前。

祇將殘齡學農圃，試問瀛洲紫府仙。〔註37〕

詩作中，述說著自身虛度了大半輩子，如今鬢髮已白，在求仕方面，

〔註36〕參見劉文剛：《宋代的隱士與文學》（四川：四川大學出版社，1992年），頁79。

〔註37〕【宋】李廌：《濟南集》卷三（台北：商務印書館，1975年），頁25～26。

深受大家的期許與盼望高中，卻依舊接二連三地受到挫折，不論再怎麼努力，最後總是不如預期，有愧於蘇軾。於是，將終老於農耕、仙遊四方。

又見於〈谷隱飲中以采菱渡頭風起策杖村西斜爲韻探得采頭二字〉之中所言：

東西南北人，志向各有在。一言契所適，糾纏胡可解。
英英坐上客，聲聞著寰海。婆娑諸侯邦，未去亮天綷。
顧余寸有長，葑菲誤見采。山空佛宮冷，秉燭集飛蓋。
笑歌觸松風，出谷作天籟。後夜風雨時，惟應鬼神會。
山川納商氣，凜凜天地秋。草木將玄黃，詎肯烏我頭。
蚤歲謬懷璧，轗軻轍欲周。富貴來無期，舍鞅息林丘。
復棄農圃業，爲茲山水游。來尋彌天釋，軟語忘百憂。
夜傾雙玉壺，禪詼互相酬。試澆魂磊胸，洗我千斛愁。
〔註 38〕

此時李廌正値壯年時期，而因求仕之途不順，心雖有不甘，但還是歸隱農耕之事，可從「東西南北人，志向各有在。」表明蘇軾門人雖然各自因種種的緣故而相繼離去，但心中所懷抱的志向仍存在著，當然亦包括了李廌本人。詩作中豪邁地表明自己的雄心壯志，但到頭來卻已歲月不饒人，已不似以往的烏頭，最後，回首快三十歲的年華，建築在追求名利功名之上，卻仍一事無成。於是最後寄情於農耕與遊歷山林之間，文風豪邁卻不免帶著無奈世道不允，只好退而求其次，寄情於山林農耕之中。

紹聖四年（西元 1094 年），李廌二十八歲，在經歷過「十年客風埃，留滯困周南」〔註 39〕，後期受莊子影響，詩作中有用楚辭體的形

〔註 38〕【宋】李廌：《濟南集》卷二（台北：商務印書館，1975 年），頁 23～23。
〔註 39〕【宋】李廌：《濟南集》卷二（台北：商務印書館，1975 年），頁 23～24。

式表達了對莊子思想的領悟。其詩作有〈擬楚詞〉、〈嗟美人詞〉，另〈足亭張康節南亭也台數尺亭在其上〉、〈元祐六年夏自陽翟志睢陽迓翰林蘇公自杞放舟至宋〉、〈飛閣〉、〈渼陂〉、〈西郊〉爲心境上的呼應的相關詩作等。舉例於〈擬楚詞〉〔註 40〕詩作中：

匠執斤兮道周，稱百尋以弗用兮谷之幽。

屈輪囷以爲杯兮，孰謂賢於杞柳。

揉吾性以矯眞兮。寧全天以爲壽。

樂吾樂兮，樂不汝違。

樂不汝違兮，盍歸乎來哉。

犀何尤兮以角累，象何咎兮齒爲災。

童牛天兮，職騁剛而繭栗。

龜告猶以灼兆兮，寧泥中以曳尾。

珠綴旒兮，悔夜光不祥。

玉爲圭瑞兮，痛山輝之爲殃。

樂吾樂兮，樂不汝違。

樂不汝違兮，盍歸乎來哉。

蘭九畹兮芬薌，芝三秀兮焜煌。

山嶸嵷兮呈姿，川溶溶兮搖光。

風駃駃兮歷楯，雲繽繽兮度梁。

葯爲衣兮薜爲裳，椒爲醴兮桂爲漿。

樂吾樂兮，樂不汝違。

樂不汝違兮，盍歸乎來哉。

表明了李廌描述自身在早期追求名利與爲國家爲民的思想之後，逐漸傾向尋求的是自身的安樂，於是寄情於山林之間，十分享受那一草一木所帶來的愉悅。從中可感受到李廌寄情於山林之間，所感受到的愉

〔註 40〕【宋】李廌：《濟南集》卷三（台北：商務印書館，1975 年），頁 29。

悅，是以往所未得的，盡情於山林，感受其風景給予的震撼，可見，歸隱後，李廌又找到了另一種生活的重心，取代了早期的名利之心。

第五節　結語

從以上資料之中，我們可見於宋代文人的角色多重屬性——官僚、文人、學者三者集於一身爲主，而導致當代士風不同於其他的朝代，因而增添宋代文人獨特的風貌。在第二章中我們了解到李廌的生平背景，至小便接受叔父嚴格教育，從小就有刻苦讀書的學習精神，奠定了深厚的儒學基底，李廌的儒家思想較其他門人更爲濃厚，可見其儒家思想根深蒂固的影響著李廌日後的爲人處世與人生追求目標。在其〈仕而優則學賦〉中談到士人當優則學，方能協助君王在施政之時能有完善的方案，皆是仕人作好其本分，督促、分擔君王在制定政策之萬全，則社會安定、國家繁榮，所陳述的正是李廌所了解到的淑世精神。於是，李廌在其思想上有些反佛，認爲坐禪悟經之事，不該是身爲儒士之人所爲，士人要做的事該是爲國、爲民，而非學習出世之道。

對於李廌而言身爲文人，當先以「德」入世，爲早期屢次受蘇軾教導與勸戒的影響。這是在蘇軾及門人之間都會論及到的觀點，於是李廌亦不例外，非常注重「德性」，並將其視爲個人立身的重要原則，然身爲文人若德性不良，其文雖佳，亦無精隨可言，此乃受蘇軾及門人之間互爲教學相長之成果。儒家思想深根於心的李廌以天下爲己任，懷抱著經世之志，期盼能有個建功立業的機會，

但面對在仕途上的不順遂，即便是薦引亦告落空。滿腔理想、熱血無處宣洩，挫敗之情，逐漸尋求其他出處。在黨爭之間不斷鬥爭的環境之下，從新舊黨爭到個人政治立場的不同之爭，再加上動盪不安的政局，使得大多數的文人心理從期盼建功立業轉向對自我內心的關照和修養，對於實現理想中的政治理想和社會觀念都化爲泡影。對於

一介布衣的李廌而言，雖然無須受政治鬥爭、朋黨之間的殘害，但最讓他失意的乃是有志無處伸的窘境，於是轉而尋求「道」的庇護，從儒家經世轉而追求道家自我內心精神的實現。

在參與政治與報效國家還是抱持著濃烈的思想，但是經歷過家族、求仕之途等種種挫折之後，自幼經歷過父母早亡、二次科舉不第、事與願違於世道中，雖然內心有所不捨，但李廌漸漸的看透世間渾沌的紛爭，卻又十分看中師友之間的情誼，在舊黨失利，眾人遭貶或是辭官之後，仍與蘇氏門人有著密切的書信往來，自身不願爲了前途去屈附新學，表明了其操守甚高，並不是一個貪權附利與貪戀功名之人。因朝廷黨與黨之間的鬥爭，師友接連離散後，於是興起歸隱田園之心。

以上論述中可得知，李廌是一個滿腔淑世精神的儒子，並是一個貫徹儒家思想的人。一生坎坷卻又堅持己見，不斷地從作品中去表現出自己的思想，進而渲染給後世文人，自己無法實現的目標，轉而希望其他人能夠做到的寄託心理。從儒家—道家—歸隱，這一路得走來，亦代表著部份宋代文人的心情寫照。

第肆章　《濟南集》詩作中之「意象」

第一節　「意象」的定義

中國文學史中，詩歌作品何其多，並也是各朝代及其詩人的文學心血之一，而詩歌的創作是在極簡約的文字中蘊含著無限情感能量的作品，即是「意象」的塑造，更可以傳遞出作者的內心世界和語言風格的創作產物。在黃永武《中國詩學——設計篇》中談及意象的浮現：

> ……大凡能畫抽象的爲具體、變理論成圖畫；或將靜態的平面圖像，表現成動態的動作演示；或盡量加強色、聲、香、味、觸覺等的輔助描寫，使圖畫形象變爲立體生動，能引人去親身經歷詩中所寫聲光色澤逼眞的世界；又或以修辭上「移就」技巧，使感官與印象錯縱移屬；又或仗聯想的接引，於瞬間完成「過脈」，將不同的意象意外地綰合或奇妙地換位；或將無限的心意，全神貫注於細小的景物，給予最大的特寫，使物象以嶄新的姿態現形；或則特別誇張物象的特徵，使其窮形盡相；或則以懸殊的比例襯映物象，使其顯豁呈露。〔註1〕

〔註1〕黃永武：《中國詩學——設計篇》（台北：巨流圖書公司，1987年），頁23。

又近代學者歐麗娟《杜詩意象論》提到「意象研究在西方已成爲文學理論、文學批評的一大重點」，然意象（image）是指讓人聯想起的東西。〔註2〕在書中亦曾指出：〔註3〕

> 一般說來，西方現代文學批判論中，對於詩歌方面所最重視的有兩點：第一乃意象（image）的使用……。另外一點西方文學批評理論所重視的，則是詩歌在謀篇一方面所表現的章法架構（structure）以及在用字造句方面所表現的質地紋理（texture）。〔註4〕

「意象」一詞，拆開則爲「意」與「象」二字，「意」指著包含作者所要表達的心意、意義、意念，是主觀且抽象的情感呈現，而「象」指著則是「形象」，可說是物象，藉由客觀的觀察山川器物、草木鳥獸等，具體的將其描繪並將情感呈現在其中。所以「意象」是在客觀的且在有形的物象上攀附著主觀的情感，讓無形的情感，藉由有形的物體去呈現出來，進而藉由實際物象的聯想而使讀者有所共鳴。〔註5〕最早提出「意象」一詞是在劉勰《文心雕龍・神思第二十六》篇中曰：

> 古人云：「形在江海，心存魏闕之下。」……使玄解之宰，尋聲律而定墨；獨照之匠，窺意象而運斤，此蓋馭文之首術，謀篇之大端。登山則情滿於山，觀海則意溢於海，我才之多少，將與風雲而並驅矣。……贊曰：神用象通，情變所孕。物以貌求，心以理應。刻鏤聲律，萌芽比興。〔註6〕

《神思》中所強調主體情感對外物之間的主導關係，即是指主體的「心」與自然「物」之間一種微妙的感應關係。「意象」是構思中的形象，極能直切地呈現情感是如何與物象相輔相成進而藉由文學創作傳達出作者的情感與形象融合爲一的聯繫，並在〈比興第三十六〉贊

〔註2〕張芳杰主編：《遠東漢英大字典（簡明本）》（臺北：遠東，1993年）。

〔註3〕參見歐麗娟：《杜詩意象論》（台北：里仁書局，1997年），頁1。

〔註4〕葉嘉瑩：《迦陵詩話》（臺北：三民書局，1993年），頁242～243。

〔註5〕參見歐麗娟：《杜詩意象論》（台北：里仁書局，1997年），頁9～11。

〔註6〕【南朝梁】劉勰著、周振甫注《文心雕龍注釋・神思第二十六》（台北：里仁書局，1994年），頁515～517。

曰：「詩人比興，觸物圓覽。物雖胡越，合則肝膽。凝容取心，斷辭必取。攢雜詠歌，如川之澹。〔註 7〕」更直接說明了意象的構成方法，表現手法與藝術現象有著密切關係。意象的創作，還需藉由文辭、聲律等媒介，所謂的「寫氣圖貌」、「屬采附聲」，就是〈神思第二十六〉篇〔註 8〕中所言的「運斤」、「定墨」，而後所形成的作品。〔註 9〕周振甫在《文心雕龍注釋》中注曰：「意指意象，思指神思，言指語言文辭。神思構成意象，意象產生文辭。〔註 10〕」這三者在文學創作中，缺一不可，方能成爲良作。又在〈比興第三十六〉篇中曰：「詩人比興，觸物圓覽」，闡述了「比興」藝術表現的特色與作用，足以見得物象在比興中的重要性。如在〈物色第四十六〉中總結了《詩經》寫物的特點：「灼灼」狀桃花之鮮，「依依」盡楊柳之貌，「杲杲」爲出日之容，「喈喈」逐黃鳥之聲，故以型態、聲音、景色的描繪，使讀者得以有由文入境的感覺，然此表現的文學技巧爲「以少總多」，實際上是論述了構造意象的具體方法。〔註 11〕

總之，詩作意象的研究，已是文學創作相關研究的主要面向之一，早在劉勰《文心雕龍》所作論述，已對意象、創作技巧、文學價值等方面的概念多所肯定。意象就是物象必然要與作者的情感互相融合而呈現出來。作者以其感情，以及其對物象感受和體會，用文字將此情景抒寫出並躍然紙上。文字所描寫出的，而對於物象的感受由讀者來完成，形成意象，則對於不同的讀者其感受的意象可能因人而異。

〔註 7〕【南朝梁】劉勰著、周振甫注《文心雕龍注釋・比興第三十六》（台北：里仁書局，1994 年），頁 677～678。

〔註 8〕【南朝梁】劉勰著、周振甫注《文心雕龍注釋・神思第二十六》（台北：里仁書局，1994 年），頁 515～517。

〔註 9〕參見胡雪岡著：《意象範疇的流變》（南昌：百花洲文藝出版社，2001 年），頁 59～67。

〔註 10〕【南朝梁】劉勰著、周振甫注《文心雕龍注釋・神思第二十六》（台北：里仁書局，1994 年），頁 519。

〔註 11〕參見參見胡雪岡著：《意象範疇的流變》（南昌：百花洲文藝出版社，2001 年），頁 68。

一、宋代「意象」說

宋代文學在中國文學發展史上有著重要的特殊地位，是處於一個承前啓後的階段，即是將中國文學從「雅」至「俗」的轉變階段。於嚴羽《滄浪詩話·詩法》:「學詩先除五俗：一曰俗體，二曰俗意，三曰俗句，三曰俗字，五曰俗韻。〔註 12〕」而所謂「雅」，指主要流傳於社會中上層的文人文學，指詩、文、詞；所謂「俗」，指主要流傳於社會下層的小說、戲曲。從整個宋代文學中，可以發現愛國思想貫穿其中，皆因爲當時的文人憤慨國勢削弱加上外族侵淩，於是不少文人懷抱著能爲朝廷立功的雄心壯志——想爲國、爲民、爲自己的理想而大展抱負。

當時的文學改革中，范仲淹提出主張改革文風，戒浮豔之習，其主張得到朝廷支持，於是改革文風之士接踵而至。而李覯是要求文以經世，反對擬古和雕琢。尹洙則是摒棄駢文，倡導簡潔而有法，辭約理精的古文。而蘇舜欽則是認爲寫作最根本的目的是「警時鼓眾」、「補世救失」，於是反對以藻麗爲勝，提倡「道德勝而後振」。在於詩的方面，梅堯臣論詩則強調寫詩要有感而發，重比興，認爲詩歌要寫實，要對現實有所美刺，反對西崑體的浮豔詩風，主張語言要樸素，風格要平淡。而後歐陽修，以文而論，排太學體之仰險怪奇澀之文體，倡導自然之古文，成爲宋代古文運動之盟主。就詩而論，一掃西崑體浮豔之習，爲宋詩奠定基礎。〔註 13〕又張高評於〈北宋讀詩詩與宋代詩學——從傳播與接受之角度切入〉一文中論述：

> 蘇、黃之宗杜，影響江西詩派之學杜成風，於是閱讀、學習、宗法、評論杜詩蔚爲時代風潮，歷經南北兩宋猶未已。學杜宗杜之風尚，大概因宋代雕版印刷繁榮，藏本圖書豐富而推波助瀾，更與杜甫之人格與風格備受尊崇，普遍切合宋代詩人之審美期待有關，故與陶淵明雙雙獲選爲宋代

〔註 12〕【南宋】嚴羽撰、郭紹虞校釋：《滄浪詩話》（台北：里仁書局，1987 年），頁 109。

〔註 13〕參見葉慶炳：《中國文學史》（台北：台灣學生書局，1997 年），頁 33。

詩學之典範。〔註 14〕

杜甫之人格與風格，既與宋人之生命情調有著許多的契合，於是從王禹偁以降，王安石、蘇軾、黃庭堅、陳師道、及江西詩派諸子，要皆先後推崇杜甫，奉爲詩學之宗主。然又因於杜甫之憂患、悲憫、耿直、忠愛，在歷經喪亂與宋金對峙之南宋，使得詩人感同身受，於是在與主流詩人之期待不謀而合；加上杜詩之風格多樣、體兼眾妙與宋代文化之「會通化成」符合，故成爲了宋詩的最高典範。宋人無不學古，學古是一種手段，是一種學習的必經歷程，目的在變古通今，自成一家。唯有追新求變之精神，才能成爲一代文雄。因此，宋代詩人「學古」對象都有所不同，要兼具自家詩學典範又以創造另類本色當行爲依歸。元祐間，蘇軾、黃庭堅學杜詩、崇杜甫，另外，蘇軾更推崇陶淵明。因陶淵明以蕭散平澹之詩美風格，悠然自得，無適不可，窮達兩忘，樂天知命之隱逸風範，贏得宋人許多推崇與接受。宋人學杜宗杜，則在「詩聖」人格美之尊重，「詩史」、「集大成」藝術成就美之頌揚推許。陶、杜二家以人格美與風格美兼備，蔚爲宋代詩學之典範。〔註 15〕各個朝代都有其代表當時期的文學創作，足以見證當時的歷史與文化背景甚至價值觀，然宋代詩作在嚴羽《滄浪詩話・詩辯》〔註 16〕中曰：「以議論爲詩，以才學爲詩，以文字爲詩」，指的就是宋代詩學的特色。然張高評在《宋詩之傳承與開拓——以翻案詩、禽言詩、詩中有畫爲例》又點出另一項文學特色：

> 「詩中有畫」經由東坡提出，做爲美學規律與詩學效果，以之稱美王維之詩，實則具備「詩中有畫」者，不獨王維，唐

〔註 14〕參見張高評：〈北宋讀詩詩與宋代詩學——從傳播與接受之角度切入〉，《漢學研究》第 24 卷第 2 期（台北：漢學研究中心，2006 年），頁 212。

〔註 15〕參見張高評：〈北宋讀詩詩與宋代詩學——從傳播與接受之角度切入〉，《漢學研究》第 24 卷第 2 期（台北：漢學研究中心，2006 年），頁 212～217。

〔註 16〕【南宋】嚴羽撰、郭紹虞校釋：《滄浪詩話》（台北：里仁書局，1987 年），頁 26。

> 宋詩人不乏其例。……乃六朝三唐以來之詩學傳統，特王維之山水田園詩畫交相輝映，較爲顯著突出而已。〔註17〕

蘇軾爲北宋詩壇的文學的精神指標，經他一言而開啓了宋代文人創作的另一個指標——情景兼融。上述所言宋代詩學其思想以哲理爲中心，將人生哲理、理趣融入物象之中，而後奠定了以詩中有畫的詩作技巧爲其特色。詩文創作價值，至古以來，其價值就重於「意」的呈現與表達方式；古人在做其詩文，其主在立意，這爲眾所皆知的共見共識，揚雄的〈問神篇〉云：「言，心聲也；書，心畫也。〔註18〕」謂意爲表達的是心聲，所呈顯出來的詩作爲心之腳本，如我手寫我心，此「意」要做到實爲不易，明周子文引范曄之言道：

> 范曄曰：情志所托，故當以意爲主，以文傳意。以意爲主，則其旨必見，以情傳意，則其辭不流，然後抽其芬芳，振其金石。〔註19〕

於是，明胡應麟在《詩藪》中曾評論過宋代此種文學象現：「宋人學杜，得其骨，不得其肉；得其氣，不得其韻；得其意，不得其象。〔註20〕」反映出對宋詩流弊的看法，太過理性將其意涵投注於物象之中，反而會得到反效果，這是胡應麟會稱得其骨、不得其肉的緣故。宋詩尚理趣、好議論有關，如前述意象爲一種內心的觀照，「象」是「意」中「象」，或是化爲「意」爲「象」，其主要都是將「意」投射出來。就如嚴羽《滄浪詩話．詩辯》所言：

> 夫師友別材，非關書也；非關理也。……詩者，吟詠情性也。……故其妙處透徹玲瓏，不可湊泊，如空中之音，相中之色，水中之月，鏡中之象，言有盡而意無窮。〔註21〕

〔註17〕張高評：《宋詩之傳承與開拓——以翻案詩、禽言詩、詩中有畫爲例》（台北：文史哲出版，1990年），頁34。

〔註18〕【西漢】揚雄撰、汪榮寶疏：〈問神篇第六〉，《法言意疏》卷十八（上海：世界書局股份有限公司，1958年）。

〔註19〕杜柏松：《詩與詩學》（台北：洙泗出版社，1991年），頁209。

〔註20〕【明】胡應麟：《詩藪》卷六（上海：古籍出版社，1979年），頁10。

〔註21〕【南宋】嚴羽撰、郭紹虞校釋：《滄浪詩話》（台北：里仁書局，1987年），頁26。

詩爲詩人表現心意的一種表達形式的呈現，若拘泥於字裡行間的出處，或是注重哲理的呈現，則其詩必會索然無味。於是，可知一首被視爲佳作的詩，必須具備有好的物象，將心中所之「意」表達出來，並與讀者能有所共鳴爲佳。詩人的情懷抒發，該當以「意」爲主，乃能以文字傳達其心中想表達的意涵，令讀者可一眼識其主旨，在書寫方面，用詞遣字當流暢無誤，使不論作者或是讀者皆可同時產生情感上的互動與心靈上的交流。

經上述所言，可知「意」與「象」兩者爲相輔相成的關係，在詩的創作中偏向哪一方都是不好的。在創作之時，有其意、而無其象就會過於詩意虛幻；而有其象、而無其意又會過於形式化，可言「意象」是建構詩體的審美組合形式。然宋代的意象中，因文學改革的影響，以及文人個人之文風偏好，其意象中包含了杜甫之愛國精神、陶淵明的蕭散平澹之詩美風格，樂天知命之隱逸風範。又因宋代理學興起，故部分作品中，亦包含哲理、理趣的成分，故明胡應麟《詩藪》中所言，會稱得其骨、不得其肉的緣故。

第二節　李廌美學

一、寫意

在兩宋時期所追求的的美學思潮著重在追求寫意，超脫形似；此種思潮是宋文化的產物，自然不限於表現在書畫上，亦反映在詩歌美學上。然何謂爲「意境」一詞的形成：

> 詩或先意而入意，或入意而後境。如路遠喜行盡，家貧愁到時，家貧是境，愁到是意；又如「殘月生秋水，悲風慘古臺」。月、臺是境，生、慘是意。若空言境，入浮艷。若空言意，又重滯。（明王昌會・詩話類編卷一）

說明了詩在「意境」的形成，是取其「意」是意義的部分；取其「境」是所得素材的部分；光用「境」，則陷入「浮艷」之習，因而失去「意」的意義，並可能淪爲浮詞麗藻；然又光只有「意」的說明，又無「境」

的配合，會導致「徑情直發」，而有板重之失。說明了詩人的情和志，不過是立意的素材，而文字詩詞，是立意之後的傳達工具，立意在確定主旨之後，詩文才會有重心。然「境」的形成，前人所謂的取境，事實上是詩人的心靈，在外在景物所刺激的反射，而將詩的主題寓托其中，明黃省曾的《名家詩法》云：

> 耳聞目擊，神寓意會，凡接於形似聲響，皆爲境也。然達其幽深玄虛，發而惟佳言；遇其淺深沉腐，積而爲俗意。復如心之於境，境之於心。心之於境，如境之取象；境之於心，如燈之取影；亦各因其虛明淨妙而實悟自然。故輿情想經營，如在圖書，不著一字，窅乎神化。（卷五・境條）

於是其意境形成的結果，全依著「佳言」和「俗意」兩者的配合，並在詩人的「虛明淨妙」本領的高下而定。〔註 22〕

美學上表現寫意神似，在境界和技巧上有三大要求：一、看得熟，自然傳神；二、凡人意思，各有所在；三、意存筆先，象應神全。〔註 23〕宋人詩歌方面主在謀篇立意，章法據法的設計上，各體詩歌運用翻案手法〔註 24〕表現者極多，以運用的多寡言，依序爲詠史、詠物、諷諭、拈古、頌古、理趣。〔註 25〕詩人的情懷抒發，該當以「意」

〔註 22〕參見 John Peck& Martin 著、李璞良：《你也是文學批評家》(臺北：寂天文化，2007 年)，頁 209～221。

〔註 23〕曾祖蔭：《中國古代美學範疇》（台北：文津出版社，1987 年），頁 134～140。

〔註 24〕張高評撰、國立臺灣大學中國文學研究所編：〈宋詩與翻案〉，收錄於《宋代文學與思想》（台北：台灣學生，1989 年），頁 215～216。：「「翻案」」，原是法律名詞，本指推翻既已定讞之罪案而言，引申而解黏去縛，推陳出新，變通濟窮、反常合道之意。「翻案」之名，修辭學或稱翻疊，或稱罵題格，或稱冤親詞……。錢鍾書先生《管錐篇》論「翻案」之性質與特徵甚詳，移錄如左：「有兩言於此，世人皆以爲其意相同……翻案語中則同者異而合者背矣。……又有兩言於此，一正一負，世人皆以爲其意相違相反……，翻案語中則違者諧而反者合矣。……復有兩言於此，一正一負，世人皆以相仇相克……冤親詞乃和解而無間焉。」

〔註 25〕張高評撰、國立臺灣大學中國文學研究所編：〈宋詩與翻案〉，收錄於《宋代文學與思想》（台北：台灣學生，1989 年），頁 215～216。

爲主，乃能以文字傳達其心中想表達的意涵，令讀者可一眼識其主旨，在書寫方面，用詞遣字當流暢無誤，使不論作者或是讀者皆可同時產生情感上的互動與心靈上的交流。在張高評〈宋詩與翻案〉中曾提及：

> 詩歌藝術中，以形象化的語言逼眞地表現出客觀物象的形貌，謂之「形似」，其特色在貼切不移，其偏失在缺乏氣韻。若以藝術形象表現事物的精神象徵，或窮神盡相。由於中國的書畫美學注重神韻，詩歌美學強調言志緣情，除六朝美學流行巧構形似之外，唐宋以降大多追求傳神寫意，或以形寫神，或以神寫形，務求神似與形似能合諧統一。〔註26〕

自古以來，詩人吟詠多爲有感而發的性質，於《文心雕龍．明詩篇》曰：「人稟七情，應物斯感，感物吟志，莫非自然。」於是，歷代文人皆藉由江山林園、鳥蟲花草獸，爲表達心意的具體媒介，其自身也因詩人情感之依附而有著許多不同的意象呈現，讓主客間相互呼應，而達到詩歌意象的境界。

此論文所使用的文本爲收錄於欽定四庫全書集部三中的李廌《濟南集》八卷，由台北商務印書館出版，總計爲四百二十五首。筆者將其類別分爲：一、遊歷詩，爲八十五首，其中有關於名勝名剎庭院者爲五十三首，共一百三十八首，二、與朋友相關之詩——送友爲官，共四十九首，三、求詩、回贈之詩，共十二首，四、勸勉詩——文人之責、當官之職，共二十首，五、愛國詩，共二十首，六、歸隱詩，共十四首，七、詠物，共四十七首，八、緬懷詩，共四十二首，書信詩，共二十二首，九、與蘇軾與蘇軾門人有關之詩，共七首，分別爲記載李廌本人的生活困苦與細節的紀錄。而其計算類別之中，其詩中內容有許多性質參雜相間，亦遊歷、亦懷古、亦勸勉，於是以屬性較

〔註26〕張高評撰、國立臺灣大學中國文學研究所編：〈宋詩與翻案〉，收錄於《宋代文學與思想》（台北：台灣學生，1989年），頁215～216。

明顯爲分類之標準，偶有重疊出現則歸爲一類。

於此可見，《濟南集》八卷中所收錄的作品題裁從詩、賦、書、序、記、傳、啓皆有，其中詩就占了四卷；而詩的創作涵蓋了四言、五言、七言古詩、五言律詩，可證明李廌詩歌的文學創作亦朝多元化發展，也因此可藉由對詩的研究，將李廌的生活狀況、思想傾向的狀態做一番分析。筆者主要將詩分爲四大類：一、送友詩，二、緬懷先人，三、雲遊四方——遊歷地點，四、詠物詩；分類方式是以創作數量以及主題相似爲主。因第三章詩作中的思想中，將愛國思想、文人之責、當官之職、歸隱思想，已有過相關論述，故此章節就不再加以深究。

（一）送友詩

此類的詩作類別又可歸爲：一、送友當官，二、書信詩爲主，故其數量共七十一首。自從李廌加入蘇門之後，積極活躍於團體之間，這方面可從《詩友談記》中詳知，他將與師友們的書信彙集成冊，便可知李廌是多麼重視以蘇軾爲中心的文人團體，亦是如此，自然而然會有更多的機會接觸其他蘇軾門人，由此才會發展出，此類送友詩的詩作創作數量頗多。

身爲蘇軾門人之一，卻終老於布衣，對於想實現自我經世理念的李廌誠屬一件憾事。而身旁的人，一個一個地當朝爲官，或爲謫貶於他處任官。身爲朋友，在送友之際，關心朋友即將遠行的路途、天氣，甚至先介紹起當地的名產。其中不免亦爲自己不能爲官感歎。又以無法與其師蘇軾及其他弟子進入「芸香閣」任事，對他而言更是憾事之一，詩作中有三首呈述出其心中的感嘆，在其〈送杭州使君蘇內相先生，某用先生舊詩方丈仙人，出渺茫高情猶愛水雲鄉爲韻，作古詩十四首〉之七〔註27〕：

周公非汲汲，仲尼豈皇皇。

〔註27〕【宋】李廌：《濟南集》卷一（台北：商務印書館，1975年），頁10～11。

吾道無若人，孰能相維綱。

古今異倫軌，英風自相望。

下民今喁喁，造物太茫茫。

將「汲汲皇皇〔註28〕」原意爲「形容心情急切，舉止匆忙的樣子。」在詩中將兩者拆開，對應著「周公」是制禮作樂之人，和「孔仲尼」是中國春秋末期的思想家兼教育家，以來比喻蘇軾的才德，然再次爲朝廷所任命，實乃百姓所「喁喁」，所仰望期待的，而其能爲朝廷所作之事，更是無法估計的。

又〈送杭州使君蘇內相先生，某用先生舊詩方丈仙人，出渺茫高情猶愛水雲鄉爲韻，作古詩十四首〉十三〔註29〕之中的意涵：

小人雖嗜學，歲月空屢勤。

同門盡鴛鸞，登瀛校書芸〔註30〕。

嗟余老西河，索居久離群。

從龍從上下，愧彼油油雲。

主旨原該是祝賀蘇軾再度爲朝廷所任用，可喜也。詩中的「鴛鴦」指得是比喻賢者，意取自漢王逸《九思・怨上》:「鴛鴦兮噰噰，狐狸兮徾徾。」,〈贈王粲〉《文選・曹植詩》:「樹木發青華，清池激長流。中有孤鴛鴦，哀鳴求匹儔。」和李善注:「鴛鴦，喻粲也。」,「賢者」對應著「書芸」；李廌原本也認爲未來可中進士，然後進入書芸閣任職。但事與願違心境轉而感歎自小勤學苦讀，隨著每次科舉的落第，看到同門幾乎皆在芸香閣之內爲官職，意指跟隨蘇軾的人都已入朝爲官了，自己卻獨自一人身爲布衣，錯過一次次的機會。於是在環境上與話題上皆逐漸無法融入其中，於是離群索居，自愧不已。原該是知性的祝賀詩，卻因無意間灌注太多自省的元素，使得情感無法一貫。

〔註28〕【宋】陸九淵：《陸九淵集》（北京：中華書局，2002年）:「疑而後釋，屯釋之極，必有汲汲皇皇，不敢頃刻自安之意，乃能解釋。」

〔註29〕【宋】李廌：《濟南集》卷一（台北：商務印書館，1975年），頁10～11。

〔註30〕秘書省的別稱。因秘書省司典圖籍，故亦以省中藏書、校書處。

而當送別的對象爲朋友時，所呈現的情感又是另一種風貌，於〈趙玿赴成都府廣都縣尉，以送君南浦傷如之何爲韻，送之作八首〉〔註31〕之中爲送趙德麟爲官之詩，在八首詩當中，每首皆可見於李廌的貼心與不捨。其詩之二：

山河接巴徼，關塞斷秦雲。

誰爲萬里侯，節制錦江濆。

彊項毋狗指，曲鉤難致君。

勿因朝廷遠，俯首俗吏群。

又其詩之五：

翔風走塵沙，草樹正玄黃。

煙昏路漫漫，日冷雲蒼蒼。

杜公作詩處，武侯近戰場。

陳跡勿驚心，俯仰已堪傷。

在其詩之二中，以「山河」對應「關塞」營造出路途遙的空間感，在詩之五中，則點出朋友上朝就任的時節，描述秋天路途上免不了風沙強、塵煙四起，以「昏路」對應著「冷雲」比喻路途上天氣亦變化無常。畢竟，古代交通簡陋，通訊亦不便，出遠門仍是有其風險存在，李廌對趙德麟的關懷之心躍然紙上。在之七中「而我獨愛君，不見即相思。索居念金蘭，惘然傷別離。」又在之八中：「嗟君正朱顏，奈此艱險何。」可見李廌與趙德麟交情甚深，並亦勉勵德麟能夠成爲繼承孔子志願之人，當在政治版圖上，延續著儒家經世濟人之精神才是。切勿隨波逐流，貪污奸邪，亦不可認爲身在天高皇帝遠的地方，就如俗吏一般任意妄爲，需常警惕自身。這麼情誼濃厚的送別詩中，李廌依舊不改自己的中心思想——儒家思想，在詩之六中：

蜀都蘊奇氣，古今生英儒。

歌童選何武，狗監獻相如。

〔註31〕【宋】李廌：《濟南集》卷一（台北：商務印書館，1975年），頁15～16。

煌煌直金馬，藹藹侍玉除。

歸入芸香閣，無廢五車書。

勸戒朋友列爲在芸香閣之人，皆爲國家之精英之所聚在，是從科舉制度中脫穎而出之人，實乃可賀之事，但切莫因進入芸香閣之故，而荒廢了學習之事。而在《濟南集》中的送別詩裡，更可以清楚地了解到李廌及朋友圈的交往狀態，大致上以趙德麟、謝公定、潘仲寶、蘇軾、蘇轍、王仲求和秦少章等人。〔註32〕所作詩之中，提及的次數較多，於是可以推論上述數人與李廌的交情較好、來往較頻繁。其中與趙德麟之間的來往最爲頻繁，而其詩名中提及趙德麟者就多達二十八首。又〈岑使君牧襄陽受代還朝，某同趙德麟、謝公定、潘仲寶皆餞於八疊驛酒中，以西王母所謂山川悠遠白雲自出，相期不老尚能復來，各人分四字爲韻以送之，某分得相期不老〉〔註33〕四首之四中：

公如照乘珠，居朝作賢寶。

公如三秀芝，後天錫難老。

聿歸供奉班，溱簡探幽討。

懸應念傖父，滄洲濯蘋藻。

李廌與朋友共五人一同在八疊驛喝酒踐別朋友，然在詩中，借「照乘珠〔註34〕」來比喻朋友有如此照乘珠，能在黑暗的道路上照亮著前方的道路——光亮能照明車輛的寶珠，實是朝廷中的一塊賢寶。又讚許朋友爲「三秀芝」，即是靈芝也。如今還朝，日後難相見。「傖父〔註35〕」指鄙賤的人，即是李廌本人。「蘋藻〔註36〕」指野澤植

〔註32〕見附件，表一。

〔註33〕【宋】李廌：《濟南集》卷一（台北：商務印書館，1975年），頁13。

〔註34〕【唐】高適：〈漣上別王秀才〉，收錄於《全唐詩》（上海：古籍出版社，1998年）：「何意照乘珠，忽然欲暗投。」

〔註35〕魏晉南北朝時期，南人譏北人粗鄙，蔑稱之爲「傖父」。《晉書・文苑傳・左思傳》卷九十二：「此間有傖父，欲作三都賦，須其成，當以覆酒甕耳。」

〔註36〕【春秋】左丘明：《左傳・襄公二十八年》：「濟澤之阿，行潦之蘋藻，寘諸宗室，季蘭屍之，敬也。」

物，意指兩人日後朝野異地，見面遙遙無期。

在送別詩中，可知李廌善於先將空間的意象營造出來，讓讀者先有其畫面，再慢慢地將場景拉近，讓人有深入其境之中的感覺，這樣子的由遠而近的呈現，大量使用意象去表達自身的心境，使讀者有著身入其境，宛如李廌本人所感受離別之傷，不捨之情。

（二）書信詩

何謂書信？其意義是在人類還沒有文字之前，人類用語言表情達意，即已有「信」。說文解字說：「信，誠也。從人言。」其本義是誠實不欺，故有所謂「誠信、信用」的語詞。後來又是一種文書形式，甲託乙傳「言」給乙，乙相信甲所說的屬實，就是「信」。又《文心雕龍・書記》:「故書者，舒也。舒布其言，陳之簡牘。」也就是將言辭寫在竹簡、木版者爲書，原是廣泛指用筆札記言、記事。於是凡可記言、記事皆爲書信。然書信詩則是以詩的體裁來做爲行文技巧的書寫。在《濟南集》中，書信詩多達二十二首，若再以《詩友談記》加以探究，可知蘇門中師友之間文學活動、生活軼事。在此以《濟南集》書信詩爲探究資料，而書信詩中，在〈次和答張閭寄靈壽杖〉〔註 37〕特別論及有關李廌的健康問題：

我生職貧病，壯齡俄早衰。

朱顏不少貸，白髮太先期。

故人獨閔余，遠寄靈壽杖。

老景知有賴，醒醉爲扶持。

回信的內容中，李廌陳述自身先天體質不好，壯年期就已有早衰的跡象出現，於是詩中「貧病」對上「早衰」和「朱顏」對上「白髮」，將李廌身子早衰、身子欠安的形象表露無遺。不光健康問題，就連生活上都需要旁人從旁協助，這點在第二章時已做證實。在〈友人

〔註 37〕【宋】李廌撰：《濟南集》卷一（台北：商務印書館，1975 年），頁 22～23。

董耘饋長沙貓筍，廌以享太史公太史公，輒作詩爲貺，因筍寓意且以爲贈耳，廌即和之，亦以寓自興之意，且述前相知之情焉〉中記載〔註 38〕：

節藏泥滓氣凌空，薦俎寧知肉味重。

未許韋編充簡策，已勝絲黍誑蛟龍。

短萌任逐霜刀重，美榦須煩雪壤封。

他日要令高士愛，不應常共宰夫供。

記載董耘贈予李廌長沙貓筍，李廌再分享給太史公一事，此事於《師友談記》中〈長沙貓笋唱和詩〉〔註 39〕亦有記載。在全首詩中未見一字「筍」，卻借用了「節藏泥滓」、「未許韋編」、「短萌」、「美榦」，來象徵「竹」的形象，再以「霜刀重」、「雪壤封」描述此植物生長的因素；讓人藉由詩中所描繪的物象所隱含的意義去推測，別有一番風味。

然又可以從書信詩中，了解到其朋友交往程度，以及交往範疇的分布，如〈趙德麟中秋生日〉〔註 40〕中：

中秋月，風露凄清光倍潔。

皓氣澄霄萬象沉，孤光散彩繁星滅。

中秋潮，江海鯨波此日高。

倒卷東溟蕩平陸，逆撼九江翻怒濤。

治平初年歲執徐，越王國邸生英儒。

虎腰燕領巖電目，鳳準犀顱冰雪膚。

九天月華爲爽氣，識照古今窺聖秘。

胸中洞達不容塵，瑩似太華無滓穢。

〔註 38〕【宋】李廌：《濟南集》卷三（台北：商務印書館，1975 年），頁 9～11。

〔註 39〕【宋】李廌撰、孔凡禮點校：《師友談記》（北京：中華書局，2002 年），頁 15。

〔註 40〕【宋】李廌：《濟南集》卷三（台北：商務印書館，1975 年），頁 23～24。

浙江潮頭爲駿聲，名滿宇縣高崢嶸。

爲祝賀趙德麟的書信一文，詩首就點出中秋夜月圓、月光皎潔之貌。隨後「澄霄」、「彩繁」營造出夜空星光燦爛的意象出來，並以「虎腰燕頷巖電目，鳳準犀顱冰雪膚。」等意象來描繪出趙德麟英俊瀟灑的外貌。同時，也期許趙德麟在中秋時節高漲奔騰的浙江潮頭發出駿聲，名滿宇縣，讓大家看到他崢嶸的治績。又其《濟南集》中，與趙德麟之間的來往最爲頻繁，而其詩名中提及趙德麟者就多達二十八首，可見其交情甚深。

另外，《濟南集》詩作中，有一種題裁切合宋代文人的雅興，亦當時最爲興盛。爲宋代另一個文學產物爲「酬唱詩」，其文類的發展，是包含著宋代文人對於期望自由、自悅的價値，體現在元祐詩人的群體酬唱活動和對身邊瑣事的吟咏。張叔椿《坡門酬唱集序》云：「詩人酬唱，盛於元祐。自魯直、後山宗主二蘇，旁與秦少游、晁無咎、張文潛、李方叔馳騖，先後相萃，一時名流悉出蘇公門下，嘻其盛歟！〔註 41〕」宋初的西崑體就是酬唱的產物，形成於相對於當代的「白體」。因當時黨爭之亂，草木皆兵，甚至發起了文字獄，於是漸漸地發展出「西崑體」，文人們以此文類來避禍，亦可解創作之苦。其書信詩中較具有顯特的爲〈廌寓龍興仁王佛舍德麟、公定、道輔、仲寶攜酒希納涼聯句十六韻〉〔註 42〕：

宿雨旦初霽，微涼吹廣庭，嘉賓忽相遇。方
午夢驚扣扃，長松森翠影。德
修竹參青冥，飄雲度空急。仲
殘日穿林明，幽牆隔江浦。公
遠嶼定風舲，城市厭煩暑。道
山樊念伶俜，角巾代公紱。方

〔註 41〕【宋】紹浩撰、王雲五主編：《坡門酬唱集》卷首（台北：商務印書館，1977 年）。

〔註 42〕【宋】李廌：《濟南集》卷二（台北：商務印書館，1975 年），頁 29～30。

草具踰侯鯖，園實摘的皪。德
廚醞斟晶熒，烹鮮縮頸大。仲
海錯著器腥。笑談得眞樂。公
採擷逢幽馨，雲陰剝初霽。道
名嵐收遠青，窗臥憶元亮。方
詩成懷景升，日須河朔飲。德
當解高陽酲，煩襟頓忘釋。仲
嘉詠不少停，闉闍發嚴鼓。公
穹碧垂繁星，一笑跨鞍去，奚論楚人醒。道

此首聯詩是由李方叔、趙德麟、輔仲寶、謝公定等四人聯手創作而成，每首詩的句末小字乃標誌作詩者，一句緊接一句地創作。顯示出飲酒歡樂時，嬉笑把酒言歡知情，又可見四人文采之佳，並能展現宋代文人即時作詩之才。

（三）緬懷先人

緬懷意謂：「遙想、追念」。如晉陶潛〈扇上畫贊〉〔註43〕：「緬懷千載，託契孤遊。」又南宋葉紹翁《四朝聞見錄．岳侯追封》〔註44〕：「緬懷英愾，申畀愍章。」詩人以詩懷念先人，除了遙想、追念其先人之外，大多數詩人，提用所緬懷的古人形象，將自己心情投射出來，宣洩心中不得志，或是借代古人的形象。「借代」先人的形象於詩句中，就是指在談話或行文中，放棄通常使用的本名或語句不用，而另找其他與本名密切相關的名稱或語句來代替。除了使文辭新奇有趣之外，還可以凸顯事物的特徵，使要表達的命意更爲適切、細膩、深刻〔註45〕，以達到詩作「雅」的作法，另外更能凸顯出文人深厚的才學基底。

對於求仕之途的坎坷，一直到無心求取名利之後，李廌雖說心中

〔註43〕【晉】陶淵明撰、溫洪榮著：《新譯陶淵明集》（台北：三民書局，2002年）。
〔註44〕【南宋】葉紹翁撰《四朝聞見錄》（北京：中華書局，1997年）。
〔註45〕參見黃慶萱：《修辭學》（臺北：三民書局，2008年），頁355～375。

已抱歸隱農耕終老之心，卻仍滿腔濟世熱血，於是借古感嘆自身，這類的創作主題數量有四十二首，其中有部分爲借景仰之古人來影射自身相同的處境；另外，有部分是遊歷中經過的「廟宇、故居」之時，同時藉詩以表示憑弔懷念。在歷史先人中——伍子胥，爲最讓李廌賞識之人，其因當是愛國之心濃烈、個性耿直，或遭遇與其自身處境相似，在〈伍子胥廟〉〔註46〕一詩中：

烈士可廟食，么麼可悲夫。

誓心報荊郢，忍恥適江吳。

功成期牖下，旋聞賜屬鏤。

楚邦乃怨耦，宿憤嚮已攄。

濤江厭波神，魂魄遊故都。

存亡兩陳跡，無用愧包胥。

描述歷史中伍子胥爲了報仇的過程，忍著恥辱逃至吳國，途中楚王欲抓之，幸得漁夫相助，得以逃脫成功。在吳國，伍子胥結交專諸與要離，並使專諸刺殺吳王僚，協助公子光成爲吳王闔閭；其後又令要離刺殺吳王僚之子慶忌。闔閭重用伍子胥，並用伍子胥發掘的孫武爲元帥，發兵擊敗楚國，破楚首都郢。夫差繼位後，打敗了越國，越王勾踐投降，伍子胥認爲應一舉消滅越國，但是夫差爲伯嚭所讒，不聽「聯齊抗越」的主張，公元前484年更賜死伍子胥，贈劍令他自盡。伍子胥在憤恨之餘，留下遺言，要家人於他死後把他的眼睛挖出，掛在東城門上，讓他親眼看著越國軍隊滅掉吳國。吳王夫差極怒，五月初五把伍子胥的屍首用鴟夷革裹著拋棄於錢塘江中。如此剛烈的個性、又具愛國精神的代表性先人，是李廌所景仰的，但反觀自身，卻又不自覺地愧於伍子胥，以及在〈題廟〉一詩中是延續李廌對伍子胥的崇敬，亦對於輔佐國家朝政有了新的領悟：

築巖傅胥靡，耕野莘老農。

〔註46〕【宋】李廌撰：《濟南集》卷一（台北：商務印書館，1975年），頁12。

倏來坐廟堂，談笑樹奇功。

卯金運徂謝，孔明隱隆中。

誰言一丘壑，臥此夭嬌龍。

古來王佐才，中間千載空。

之人輔玄德，眞有宰相風。

惜哉小用之，功烈不復東。

嚮非三顧重，白首田舍翁。〔註47〕

詩中出現「傅胥靡」、「莘老農」，藉由耆者之口，陳述著如同伍子胥等偉人，後代人民因崇敬之意，建廟立意。農村老農坐廟裡談笑其奇功偉業，又點出孔明輔佐劉備，感嘆自古輔佐王者，最後落得一場空，豐功偉業不復存。藉由歷史名人，來抒發自身懷才不遇，文詞中雖是感慨萬千於因朝廷用人不愼，導致國河不在之狀，反觀自己已是白髮蒼蒼，感慨之情一覽無遺。

在寫意這個章節中，所處理的「意象」就是人與人之間的「情意」，分類一、送友詩、書信，二、緬懷先人，這兩部分是因在《濟南集》中，關於朋友以及情感的投射，是李廌主要創作的主題之一，而此二者的文學創作手法，包含宋代文學特色於當中，具有濃厚儒家思想——文以載道、淑世精神、用雅字……等。從人與人之間的交往，去探索影響的來源，與作品呈現的主要思想，爲此章節做的意象分析。

二、寫景

《濟南集》中的遊歷詩的體裁多達八十四首，多爲寫景之作。詩人藉由自然景觀或是單一物象投射其心境，爲宋代詩人中詩作創作中最普遍見到的。於是，筆者在此類的分類，是將《濟南集》中有關「景」的詩作歸納在一起。探析《濟南集》中意象的寫景部分，主要是以李廌探訪過的景點和詠物詩爲範圍。大自然的天氣時態，風景物色，不

〔註47〕【宋】李廌：《濟南集》卷一（台北：商務印書館，1975年），頁12。

僅是詩人創作時物件取得的本源，亦爲取材描繪的對象，如劉勰云：

> 是以詩人感物，聯類不窮。流連萬象之際，沉吟視聽之區；寫企圖貌，既隨物以宛轉；屬采附聲，亦或心而徘徊。故灼灼狀桃花之鮮，依依楊柳之貌，杲杲爲出日之容，漉漉擬雨雪之狀，喈喈學草蟲之韻。〔註48〕

陳述著詩人在取材自然環境之感物多爲日月星辰之景，花蟲鳥獸之情，並藉此紓發心中之情，方以宣洩其可說抑或不可說之意，乃孔子所云：「小子何莫學夫詩，詩可以興觀群怨，……多識於鳥獸草木之名。〔註49〕」在詩歌創作中，景色的呈現在詩人作品中，雖然俯拾皆是，但有以下三種情況的不同，而趣味有別：一、外觸取象的啓發：詩人依該時該景在「歲有其物，物有其容」的情況下，將耳目感官的接收，如佳時美景，感動於心，於是產生了攝象和貯象作用，發生了「情以物遷，辭以情發」的創作實際，其所得往往是眞實景物印象的傳達。二、內情外景的感發：詩人平時將情緒壓抑於心中，而景色的感召，發而爲詩，於是或情景相融，或一景一情，天容時態，風景物色，不是單獨的存在，而成爲詩人表達情感，襯明情感的素材。三、以寫景寄寓其虛的抒發：其景爲實而理爲虛，借有限的景物，以表達無限飄渺的道理，亦係詩人的巧妙手法。〔註50〕然沈德潛云：

> 杜詩「江山如有待，花柳自無私。」「水深魚極樂，林茂鳥之歸。」「水流心不競，雲在意具遲。」俱入理趣。〔註51〕

又有一種是情寓景中，王夫之云：

> 情景雖有在心在物之分，而景生情，情生景，哀樂之觸，

〔註48〕【南朝梁】劉勰著、周振甫注《文心雕龍注釋．比興第三十六》（台北：里仁書局，1994年），頁561。

〔註49〕楊伯峻譯注：《論語譯注．陽貨篇第十七》（台北：里仁書局，2009年）。

〔註50〕參見杜松柏：《詩與詩學》（臺北：洙泗出版社，1991年），頁97。

〔註51〕【清】沈德潛：《説詩晬語》卷下（上海：古籍出版社，1965年），頁12。

榮悴之迎，互藏其宅。人情物理，可哀而可樂，用之無窮，流而不滯，窮且滯者不知之爾。「吳楚東南坼，乾坤日夜浮。」乍讀之若雄豪，然而適與「親朋無一字，老病有孤舟」相融浹。〔註 52〕

人對世界的認識，總是先通過外在的感官經驗，而感官經驗初起之際，是單純而客觀的，之後才串聯起知識和行動。另一方面，由於主觀意識的活動，必然是順時性和綜合性的。由於對事物的知覺活動有這二種性質，事物的呈現角度可以是無窮的。〔註 53〕南朝以謝靈運爲代表的山水詩以及其他的詠物各體中，色彩的運用已極爲繁複且精巧，充分的豐富了詩歌中的視覺上意象的呈現，如謝靈運〈於南山往北山瞻眺〉的「初篁苞綠籜，新蒲含紫茸。」，又〈入華子剛的麻源第三谷〉的「銅陵映碧澗，石磴瀉紅泉。」，以及沈約〈休沐寄懷〉的「紫籜開綠篠，白鳥映青疇。」，〔註 54〕詩作中的做法，都經過這樣由感官感覺和景物實體的適度結合，就形成了對應出景物色彩所生美感經驗的意象。〔註 55〕詠物詩有兩法，一是將自身放置在裡面，一是將自身站立在旁邊，〔註 56〕並在其創作寫景之中，可寓意出更多不同的觀感，如〈四逸臺〉〔註 57〕中所描述的風景：

異時常獨飲，對月成三人。已喜三士遊，況遇金城辛。

洧淵俯龍室，廢臺干白雲。委徑已就荒，九仞將遂湮。

飄然如四鶴，躡屐披荊榛。北岡翻波濤，南岫列嶙峋。

登臺與佳名，大筆書蒼珉。占此泉石清，坐使草木春。

〔註 52〕【明】王夫之：《薑齋詩話》卷上（上海：古籍出版社，1927 年），頁 3。

〔註 53〕鄭樹森：《現象學與文學批評》（台北：東大圖書公司，2004 年），頁 31。

〔註 54〕參見王次澄〈南朝詩的修辭特色〉，收錄於《古典文學》第四期（台北：台灣學生書局，1982 年），頁 49～91。

〔註 55〕王國瓔：《中國山水詩研究》（台北：聯經出版社，1992 年），頁 311。

〔註 56〕【清】李重華撰、丁仲祜輯：《貞一齋詩說》收錄於《清詩話》（台北：藝文印書館，1977 年），頁 930。

〔註 57〕【宋】李廌：《濟南集》卷一（台北：商務印書館，1975 年），頁 11。

諸公廊廟材，我期茲隱淪。

說著在無人陪伴之時，常獨自一個在四逸臺上，借李白〈月下獨酌〉中「舉杯邀明月，對影成三人」詩中的意象，體現出李白的對影成三人時的寂寞與惆悵；詩文中準確生動地描述著四逸臺的特殊景色，而「北岡」、「南岫」描繪出四逸臺周遭環境；用詞遣字都如同景色刻畫於詩上，感嘆朋友們皆爲國家之棟樑，而自身抒發獨自歸隱於山林田園之中的心情，亦如〈出城〉〔註58〕中所呈現的視覺上的意象效果：

岸走舟安穩，逍遙若步虛。

晴煙迷白鷺，春水見浮魚。

桑樹連坡種，人家夾水居。

年豐村舍好，稚子學詩書。

將充分表現出詩人其視覺上的感官——「晴煙、白鷺、春水、浮魚」，獨自走在岸邊輕鬆逍遙之狀，將其所見所聞如實呈現。清麗風格以採白描法，烘托出清新的村景，與恬淡的心境，充分地將《濟南集》中「景」的意象去呈現李廌的思想以及文學造詣。

（一）山水景色

宋代士人風氣中，深受儒、道思想的薰陶，寒窗苦讀大多數爲了求仕，除了可以實質上的溫飽之外，亦可一展心中那片愛國之心，實乃爲儒家思想的特色之一，然如何實現理想，便是「爲天地之立心，爲生民立命，爲往聖繼絕學，爲萬世開太平」〔註59〕的明君盛賢理想付出行動，當官是唯一的道路，但世事難料，其求仕之途在經歷過家人已逝、家族遷墓及連續二次科舉名落孫山之後，花費了李廌大半精華歲月年華，暮然回首之時，已是三十而立之年，卻仍是一無所展。對於「以天下爲己任」的士人而言，無奈痛苦之餘，又生性喜好旅遊，

〔註58〕【宋】李廌：《濟南集》卷四（台北：商務印書館，1975年），頁2。
〔註59〕【年代不詳】張戴：《張戴集》（北京：中華書局，1978年），頁376。

退而進入道家隨遇而安的領域，於是，遁入山林田野、名勝古剎，在一種「出世」、「入世」之間徘徊。可見不論李廌位於何種身分、地方，都保持著一顆無時無刻都炙熱的濟世之心。

何謂「遊歷」——考察遊覽，南朝宋劉義慶《世說新語‧簡傲》：「王子敬自會稽經吳，……而王遊歷既畢，指麾好惡，傍若無人。」〔註60〕意指經由遊歷的過程，進而深入考察現實民生狀況，並將其遊歷後的想法、見解陳述於詩中。又其嚴羽《滄浪詩話‧詩評》〔註61〕中：「唐人好詩，多是征戍、遷謫、行旅、離別之作，往往能感動激發人意。」實乃文人作詩的主要題材之一，亦是爲何李廌的遊歷詩中，其主題不光只是單純描述遊歷的景、物，而是包含著更多的思想是呈現其憂慮朝廷國家大事、爲師友抱屈、感嘆自身不才、緬懷之事，借景寄托其心中的理想等題材。

然李廌之遊歷詩中，多爲遊歷名勝古剎、嵩山、少華山，〔註62〕悠遊地暢遊其中，以廣闊的山林風景、莊嚴的名勝古剎來抒發自身鬱悶卻又不甘於歸隱的布衣生活。

而其遊歷的地區，由少時的吳越到元祐時期的京師，最後定居於長沙之後，時常與德麟等好友登臨嵩山等地方。因此，由因地、因景有感而發地創作出許多詩作，皆強烈表達了李廌身爲布衣卻不忘士人的身分與職責，見於〈同德麟諸公觀秋風閣自賦詩臺乘月汎江〉之中〔註63〕：

虛閣凌縹緲，危臺俯淼漫。憑檻眺落景，倚柱送歸翰。

空濛暝色合，懭悢天宇寬。皎皎明月上，炯炯青林端。

〔註60〕【南宋】劉義慶：《世說新語‧簡傲》（臺北：智揚出版社，2002年），頁464。

〔註61〕【南宋】嚴羽撰、郭紹虞校釋：《滄浪詩話》（台北：里仁書局，1987年），頁198。

〔註62〕參見附錄表二。

〔註63〕【宋】李廌：《濟南集》卷二（台北：商務印書館，1975年），頁1～2。

寂歷四郊靜，陰森清夜闌。……

佩服良友義，論言畏塗難。玆遊興不淺，冒險夜未安。

風波彼何懼，忠信邪能奸。

開頭描繪出江上沿途景，「虛閣」、「危臺」、「憑檻」、「倚杜」由外而內的描寫沿途的所見；在皎皎明月，伴隨著炯炯青林，慢慢地增添寂靜悠閒的空間疊層的景色，告誡著朋友，不該畏懼奸妄之人勇於直言論政，正義必能戰勝邪惡的。雖爲一介布衣，卻懷著爲國爲民的心思，微薄的自己無法直接盡其心力，於是將期望都寄託在朋友身上。又於〈鄧城道中懷舊時德麟相拉至江北三縣〉一詩中：〔註64〕

昔從郡丞游，餘寒春未迴。玄雲蔽冷日，朔風捲黃霾。

枯榛擁殘雪，疏籬橫野梅。季夏方溽暑，後乘復與偕。

青秧舞白水，赤日飛紅埃。牛馬暍俱喘，蜩螗嘒相哀。

值此寒暑變，感予羈旅懷。行行江湖去，舉櫂向天台。

老婦膾魴鯉，丁男滌尊罍。霜橙薦紫蟹，水藕浮瓊醅。

念公復行縣，秋光當獨來。予時定相望，持酒上高臺。

此爲回憶與趙德麟一同從鄧城至江北三縣出遊的回憶，「殘雪、野梅、季夏」的意象點出出發與回家的時間。一路上，描繪出「青秧、白水、赤日、紅埃」的風景之貌，令人身如其境般的遊歷於詩中所描繪之景，風景優美、寂靜幽人，如畫般地呈現在詩作之中，以及詩中以「魴鯉、霜橙、紫蟹、水藕、瓊醅」美食的意象來陪襯出此行的愉悅，一路之上的所見、所聞而觸發的喜悅之情躍然與紙上，可見多麼令李廌永難忘懷。

遊歷詩的意象大多以「景點」烘托出遊歷之地以及喜悅之心，亦依舊會以情景之象，表心中之愛國之意。因李廌科場失意，仕途不順；道家思想興起等因素影響之下，李廌之遊歷詩中，多爲遊歷之行經漢

〔註64〕【宋】李廌：《濟南集》卷二（台北：商務印書館，1975年），頁12～13。

水、鄧城、西山、汎江、黃河等地，〔註65〕悠遊地暢遊其中，以廣闊的山林風景來抒發自身鬱悶卻又不甘於歸隱的布衣生活，隨著同門文人四處遊歷飲酒作詩，因而多增添了許多思想上的啓發。

（二）古剎庭院

古人遊歷喜好名勝古剎，皆景物的背後含意深遠，往往可以影射出詩人的內心世界，藉由宏偉建築的悠遠年代與歷久不衰的歷史意涵來建構來其詩的意象原件。如在遊歷之際，所創作之詩，居「廟堂」之高，則憂其民；處「江湖」之遠，則憂之君。在《文心雕龍‧物色篇》之中〔註66〕：

> 自古近代以來，文貴相似，窺情風景之上，鑽貌草木之中，……巧言切狀，如印之印泥，不加雕削，而曲寫毫介。

文學之貴在於可以以筆代繪出所見、所聞、所觸之精神，就如六朝人專意於外界物體的客觀描繪，欲以筆代畫，務求風景物體能透過詩句完整呈現。元祐年間，詩人的創作多爲題畫詩，在其中寄寓影逸情懷，與北宋時期文人本身的特徵有其很大的關聯。《濟南集》現存作品之中有五十三首，藉由名勝古剎庭院以抒發心中鬱悶之情或文人之責、當官之職，或國家朝政大事的影射，然此類詩多爲議論詩爲主，藉由外在物象其隱含之意涵，來加以議論之心中的想法與抒發其理想中藍圖。此類以議論爲詩的起源，即有主於理的詩，見於《隨園詩話》〔註67〕袁枚云：

> 或云詩無理語，予謂不然。大雅「於緝熙敬止，不聞亦式，不諫亦入。」何嘗非理語？何等玄妙？文選：「寡欲空所缺，理來情無存。」唐人「廉豈沽名具，理宜近情。」陳后山訓子云：「勉汝言須記，逢人善即師。」文文山詠懷云：「疏因隨事懶，忠故有時愚。」宋人「獨有玉堂人不寐，六箴

〔註65〕參見附錄表二。

〔註66〕【南朝梁】劉勰著、周振甫注：《文心雕龍注釋》（台北：里仁書局，1994年），頁845。

〔註67〕【清】袁枚：《隨園詩話》（台北：廣文，1970年）。

將曉獻宸旒。」亦皆理語。

又《滄浪詩話・詩辯》〔註68〕嚴羽云：

遂以文字爲詩，以才學爲詩，以議論爲詩，夫豈不工，終非古人之詩也，蓋於一唱三嘆之音，有所歉焉。

可見嚴羽、袁枚反對以文字爲詩，以才學爲詩，以議論爲詩，是怕詩淪爲一種有侷限的創作窠臼當中，抑或是工技於某種手法的濫觴。詩本是言情的文學，因注入了情感因素，隨著詩人的心境，而創造出無限可能的文學手法與意境，這才是詩的本質及價値的存在，基於這樣子的文學創作原則。於是宋詩詩中主理這一點，才會一直爲文學評論家所詬病。

在《濟南集》中，以名勝古剎庭院爲主題的詩，數量頗多，爲李膺遊歷時寫景所致，有單純寫景；亦有以景寄理和論及爲朝廷盡一份心力的思想，在許多詩作中，皆有呈現出來，例如在〈鳳凰臺〉之中〔註69〕：

舜韶奏九成，鳳凰故來儀。

漢徹方秦政，何乃悞至斯。

爾非雞與鶩，出處當愼時。

此詩爲李膺告誡他當朝爲官之友，文中「爾非雞與鶩，出處當愼時。」鶩，野鴨。源自於「雞鶩爭食」，本指雞鴨爭奪食物。於《楚辭・屈原・卜居》：「寧與黃鵠比翼乎？將與雞鶩爭食乎？」比喻目光狹小的庸俗小人互相爭奪名利。當愼言、愼行，不論出身有多好，不論功勳有多高，自身爲官之時，不該與小人互相爭奪名利，都該謹言愼行。

又在其〈華嚴庵〉裡，呈現出李膺悲天憫人的一面，思慮百思千轉，眼裡滿是對於這世間的紛紛擾擾感到失意之情，滿懷的寬慰總是糾結著，藉由羨慕觀音能泰然的面對世間的悲歡離合與觀音本身所意

〔註68〕【南宋】嚴羽撰、郭紹虞校釋：《滄浪詩話》（台北：里仁書局，1987年），頁26。

〔註69〕【宋】李膺：《濟南集》卷一（台北：商務印書館，1975年），頁7。

涵的慈悲形象，來抒發心中鬱悶之情。

人生奧區中，猶如繭中蠶。欲窮無然心，足力有不堪。

終南有五虎，銜牙坐耽耽。乃有忘軀人，臨穴已擬探。

干將古寶劍。吹毛可揮錟。亦有躁戾者，執刃求其鐔。

所得計所傷，膽潰心憂惔。況夫愛見魔，悅如芻豢甘。

大士獨了然，白月沉珠潭。獨造無僮僕，妙理去二三。

至哉天下樂，端默坐草庵。〔註 70〕

但實際上，傾訴著人在世間爲數十年光陰，卻總是受到束縛與限制，心中滿懷的雄心壯志無處能抒發，加上國土邊疆上頻受騷擾，那種心有餘而力不足的感慨，只好寄情於神佛之間，願天下蒼生得以安居樂業。

上述二首中，〈鳳凰臺〉以理爲詩；〈華嚴庵〉以情爲詩，亦有單純寫景之詩，如〈宿峻極中院〉之作中〔註 71〕：

晨游開母祠，暮抵紫虛谷。

千峰掛夕陽，猶指中寺宿。

山空無人聲，暝色滿草木。

亂石礙饑馬，荒榛走驚鹿。

深林怪禽號，絕壑山鬼哭。

照塗藉流螢，呻吟愧僮僕。

乙夜扣禪扉，孤燈耿幽綠。

猶疑夢寐中，對榻眠空屋。

此爲單純夜宿極中院的寫景記事，「開母祠、紫虛谷」猶如一首景點簡介詩，將路途上的景色細緻的描繪出來，「亂石礙饑馬，荒榛走驚鹿。」將文字藉由意象視覺化，以及「深林怪禽號，絕壑山鬼哭。」使得怪禽、山鬼之聲猶如眞實的聽見，此詩將視覺、聽覺同時呈現宛

〔註 70〕【宋】李廌：《濟南集》卷一（台北：商務印書館，1975 年），頁 12～13。

〔註 71〕【宋】李廌：《濟南集》卷一（台北：商務印書館，1975 年），頁 3。

如欣賞一部山水紀錄電影一般。

有此可見，李鷹的創作中，不限於大時代潮流所影響，如上述三首，亦可主言理；亦可主言情；亦可主寫景記事，文學技巧運用得十分嫻熟。

（三）詠物之竹、菊、黃楊

何謂詠物詩，其因是詩人在與外物有所共鳴之下，互相激盪而成，而有「情以物遷，辭以情發」的心靈觸動，於是描繪其物態，入於詩中，如《詩經》〈周南〉的「桃之夭夭，灼灼其華」，〈衛風〉的「其雨其雨，杲杲出日」，〈召南〉的「喓喓草蟲，趯趯阜螽」，都是最早的詠物詩。然詠物詩以鐘嶸、劉勰爲首，在鍾嶸《詩品》序曰：「氣之動物，物之感人，故搖盪性情，形諸舞詠。」點出了人心與物之間因有感而發所形成詩篇的道理；而在劉勰的《文心雕龍・有物色篇》之中，亦陳述了其詠物方面的理論，上溯詩經，降至楚辭、下及齊梁，解說詠物詩的發展，其論外在之物與詩人內心的感發云：

> 是以詩人感物，聯類不窮，流連萬象之際，沉吟視聽之區，寫氣圖貌，既隨物以宛轉，屬采附心，亦與心而徘徊。

觀看詠物詩的基本的要求，首在工切，要做到「巧言切狀，如印之印泥」。因爲在詠某物時，能如印之印泥，讀詩時就能得知，所謂何物，因而產生了「瞻言而知其貌」的效果，才算是詠物詩，則這是古人們所想追求的詩作境界。詠物詩要有寄託和美刺，是詠物意境上的發展，而寄託是託物以自況，如仇滄柱所云：「不離詠物，卻不徒詠物，此之謂大手筆。」便是此意。然而美刺，乃是借物以作比擬、比論和讚美，形成了言於此然意於彼的美刺效果。〔註 72〕

「竹、菊、黃楊」在詩人詩歌創作中，是極其重要的情感象徵代表，翻著歷代詩人詩作，其作品中不乏以「竹、菊、黃楊」來借喻、

〔註 72〕參見 John Peck& Martin 著、李璞良：《你也是文學批評家》(臺北：寂天文化，2007 年)，頁 103～106。

比喻、暗喻者，實乃這些植物大多是常見與隨手可見之品種。此環境因素之下，可說是隨處皆可垂手得「以物寄情」之材料，於是，現今詩歌中才會大量存在著相關素材的詩作。

在文學史上，最早出現「竹」之意象者，當是《詩經》，《衛風・淇奧》篇曰：「瞻彼淇奧，綠竹猗猗。有匪君子，如切如磋，如琢如磨。瑟兮僩兮，赫兮咺兮。有匪君子，終不可諼兮！」於《詩序》云：「淇奧，美武公之德也。」又白居易的《養竹記》曰：「竹節貞，貞以立志，君子見其節則思砥礪名行，夷險一致者。夫如是，故君子多樹之爲庭實焉。」〔註73〕皆爲比喻君子、文人氣節之譬喻。因「竹」爲常見之植物，又是日常用品之材料，而其植物特性和形象，與文人所追求的形象相符的緣故，故「竹」的意象爲文人所好之因，是其形象耿直、氣節堅忍不拔，對於愛國之詩人，實乃爲最佳之寄寓素材，李廌其詩作中，出現「竹」的數量爲二十三首。例如〈方竹杖和功遠〉中「竹」的意象〔註74〕：

性稟方外正，人憐節瘦輕。

持攜防水潦，殺活奈山精。

直以中圓稱，名因義類清。

若將靈壽比，未可賤書生。

以「竹」比喻文人之本質，其不論內外稟性方正，雖外表看起來柔弱清瘦，卻可防水，生命力極強。從直取之用之，可看出對稱中圓，猶如文人耿直、處世圓融之個性，李廌認爲如此可造之材，卻區區只淪落爲手杖之用，豈不是有辱文人之格，或許亦是比喻自身而自嘆。

而「花」的意象，宋《陳輔之詩話》指出花爲詩人抒發和體現情感的最佳物品：「詩家之功，全在體悟賦情、情之所屬情色，色之所

〔註73〕逯欽立輯錄：《先秦漢魏晉南北朝詩》下冊（臺北：木鐸出版社，1988年），頁2650。

〔註74〕【宋】李廌：《濟南集》卷三（台北：商務印書館，1975年），頁1～2。

比爲花。」〔註 75〕然因經歷過四季的變化，所感受的花種亦會影響到創作者本身，其呈現的意象亦有所不同。例如楊花，依《說文解字》：柳，爲小楊也；《爾雅・釋木》：楊，蒲柳也；又據《辭源》解釋爲「柳絮」。在古代文人的詩詞中「楊柳」，並非指的是楊樹和柳樹，而是指柳樹，亦或是指垂柳，實質上指的是同一個植物，只是名詞上的變化不同。而在詩詞中所代表的意象爲折柳送別之意，此爲古人的一個送別習俗，會形成這個習俗的緣故，因古代交通不方便，遠行以走水路居多，而水邊多種植柳樹，於是隨手就可在路旁折取，而且「柳」者，有「留的」取其諧音，亦更能表達送別者的依依惜別之情。

另《詩經・采薇》一詩中：「昔我往矣，楊柳依依。」明顯的早在春秋之前已有楊柳一詞。蘇軾有首著名的詠楊花的〈水龍吟〉：「曉來雨過，遺蹤何在？一池萍碎。」這裡用的就是柳絮入水化爲浮萍的典故，這是蘇軾很喜歡的一個典故。另外在〈再次韻曾仲錫荔支〉：「楊花著水萬浮萍」。其中蘇軾自注中說：「柳至易成，飛絮落水中，經宿即爲浮萍」。從這裡推論，這個詩文中用的是「楊花」，自注中說的就是柳絮，所以可推論楊花就是柳絮。

在詩作當中，其「詩名有花」者爲二首，其詩中有「花」者爲三十一首，如在〈楊花詞〉〔註 76〕三首中所呈現的心情表達，爲心中無奈卻只能眼見時光的流逝，日過一日、年過一年之感慨：

特地飛來有意，等閑卻去無情。
若比邇來時態，秖應時態猶輕。之一

全似秋空白雲，不應日墮紅塵。
樓上何人遠望，黯然無語銷魂。之二

苦恨紅梅結子，生憎榆莢悠悠。
解送十分春色，能添萬斛新愁。之三

〔註 75〕【宋】王直方撰、郭紹虞輯：《宋詩話輯佚》（北京：中華書局，1980 年），頁 291。
〔註 76〕【宋】李鷹：《濟南集》卷四（台北：商務印書館，1975 年），頁 28。

詩作中的〈楊花詞〉三首，就好比是李廌前半段的人生，對於求仕的心境轉折寫照，楊花即可譬喻爲李廌本身的隱射。既便才學讓他十九歲時少年得志，讓他認爲可憑藉著一身的才學可爲國爲民，而一展雄心壯志，在本身追求名利之際，卻是到頭來一切如空。如同秋空白雲不理會於世間紅塵，隨著時間的腳步，又來到了春天榆樹結成果實，又是增添萬斛新愁於心，萬般的無奈皆聊表於此。

而「菊」在詩人的眼中是一種烈士不屈不撓的人格的象徵，有別於「竹」有正人君子的形象，「菊」所象徵的有烈士與高士的兩種形象。兩千多年以來，儒、道兩者待人處事的思想，一直影響著中國的士大夫，因儒家思想的影響，身爲文人總是懷有一種「窮則獨善其身，達則兼濟天下」的思想。若無法出世爲當朝之官，一展寒窗苦讀的才情，文人的心境大多就有可能轉向道家思想，並且萌出了隱退之心，此種思想爲一種達觀樂天的胸襟，開朗進取的氣質，使文人雖始終不在朝中，亦能了表愛國的心志。然「菊」的意象在兩千年的演變中，漸漸成爲可以體現這種烈士的文人性格。詠菊的詩人最早可以上溯至戰國時期的屈原，而當晉代陶淵明深情地吟詠過菊花之後，在千載年以來的流變中，菊花更作爲士人雙重人格的象徵而出現在詩中畫裡，那種沖和恬淡的疏散氣質，與詩人經歷了苦悶徬徨之後，而獲得的精神上的安詳寧靜相契合。因而對菊花的欣賞，儼然成爲君子自得自樂、儒、道雙修的精神象徵。

於《濟南集》詩作中有「菊」者七首，其〈同德麟仲寶過謝公定酌酒賞菊以悲哉秋之爲氣蕭瑟八字探韻各賦二詩仍復相次八韻某分得哉蕭二字八首〉〔註 77〕中，所呈現的意象爲：

> 葳蕤晚秋菊，芬菲忽齊開。
>
> 緣階上古壘，粲若黃金臺。
>
> 白髮語冷暖，蒼皮貯陽秋。

〔註 77〕【宋】李廌：《濟南集》卷二（台北：商務印書館，1975 年），頁 5～6。

中年已如此，一飽更何求。

把菊悼飛葉，微行遵遠流。

此非柴桑里，乃有淵明儔。

將其「菊」的形態與香氣描繪得十分逼真，以及色澤、枝葉繁密、草木茂盛的姿態如畫般地呈現。並文中感嘆著歲月已逝、年華已過——「白髮、蒼皮」，李廌已步入中年，現已別無所求，只求能三餐溫飽。此非陶潛居，乃是因為有陶潛的同伴，述說著自己窮困的生活情況。

松菊徑勿荒，政欲善鋤治。

即使自己生活潦倒，三餐不濟，對於身為文人該當為國家朝政之事操心，仍是十分關切，比喻文人不該荒廢情操，而國君要勤於整治國家政策。

心如虎在圈，事若羊觸籬。

執鞭吾弗能，放意從所之。

明確的表明其心中懷抱著無限的雄心壯志——「心如虎」，但現實就如同置於羊圈裡的羊一般——「事若羊」，四處碰壁，於是漸漸的追尋內心的平靜，而默默地投身於山林之中。如「菊」或許是隨手可取、可見的植物，其所象徵的意義深遠，使得在官場失志的文人，得以能藉此紓解雄心壯志之心和抒發鬱悶之情。

然在〈秋蝶〉中，「菊」又是呈現另一個意象的面向，每當菊花盛開之際，亦是秋天離別感傷的季節。在繁茂盛開的花朵之下，豐收喜悅的氛圍之中，卻是另一種心境的風貌。

粉蝶爾何知，秋深尚戲飛。

憐渠迷節物，猶若弄春暉。

露葉今非昔，霜業疇可依。

籬邊菊無幾，簿命寄餘菲。

似乎感嘆年復一年，自身卻漂泊無居所，在人生路途中亦是如浮萍。文中訴說今年的露葉已不是去年的，比喻如今雖人事已非昔，但還是有師門可相依伴。在師友經歷國家內憂外患、和黨爭之後，自身也體悟到人生百態的無奈。

從以上陳述中，更可知李廌藉由文人做熟悉的詠物意象——竹、菊、黃楊，來表達自身心中的理想文人形象。代表君子、文人氣節——竹；代表送別時的依依不捨之情——黃楊（柳），或是心情寄託——菊。創作數量之多，所使用的文字技巧多變創新，意象象徵亦多元化了，不光是單一意象的呈現，而是交互相輔相成地交織出個人詩作風格。

（四）詠物之檜、柏、松

在《濟南集》中，「檜、柏、松」相關詩作的數量分別爲「檜」——五首；「柏」——八首；「松」——二十二首。「檜、柏、松」自古以來，所象徵的意涵爲年歲長青、操守，又因屬性與意涵相似，其象徵性亦是相似。從《論語》中，可以看出松、柏在民生生活上，有著極重要的實用性，如「哀公問社於宰我，宰我對曰：夏后氏以松，殷人以柏，周人以栗。」在《詩經．小雅．天保》篇：「如松柏之茂，無不爾或承。」松、柏的茂盛，其藉由枝繁葉茂之形象，延伸出的象徵意涵爲生生不息，即是常青茂盛之意。如在「群陰彫品物，松柏上桓桓。老去惟心在，相依到歲寒。」的例子中，「桓桓」其意有「威武」貌，松柏本是耐寒樹種之典型代表，此說明了松柏長青之意。另從古至今，在建設房屋之時，檜、柏等建材實乃建材之首選，進而意涵的延伸爲國家之棟樑將守。

宋代於建國之初，即在北方邊境上有著嚴重的外患問題，面臨遼與西夏的威脅，在家鄉靠近北方的李廌，最能深刻地明瞭邊境外患問題的感受與問題。於是，對於將軍無戰績卻能加官晉爵，有著十分痛心的感受。其在〈天封觀將軍柏〉中，所要表達的涵義，是李廌對一些只求升官晉爵的將軍是無情的諷刺，和對於將軍者該有的職責與感想：

衛懿恃昌富，乘軒鶴有祿。貴鶴賤用民，身殘國顛覆。

楚子惜名馬，終焉葬人腹。爵封東山松，侯比渭川竹。

時輕官秩紊，辟妄作威福。無益害有益，褒賞逮禽畜。
所美非美然，恩澤及草木。或譏將軍柏，無乃狃此俗。
曷膺千鍾養，曷被三品服。不爲朝廷力，竊號委空谷。
余知將軍心，非悅世人目。千年抱貞操，勁節無屈曲。
不爲歲寒凋，守此萬仞綠。天武累此名，冥不知寵辱。
雖不助柏敬，豈意慕軫轂。吾儕之小人，悟主惟欲速。
盜功仍苟容，豈恥無道穀。潭潭居紫府，沉沉據華屋。
貪恩謀子孫，占俸及僮僕。膏肓病天下，天下思食肉。
朝爲四輔重，莫作三危逐。笙簫金谷宴，翣柳北邙哭。
尚方屬鏤賜，朝服東市戮。君看古功臣，牖下死爲祝。
將軍如有心，應哭世愈蹙。拔萃眞不群，虛名豈其欲。
胡不覻其旁，滿山皆樸樕。〔註 78〕

相傳天封觀將軍柏爲漢武帝時遊歷嵩山時所封，古代君王喜歡對於喜好的事物加以加官晉爵，古代帝王常爲之的喜好。但將軍柏是否皆國家之棟材的象徵呢？春秋時期的衛懿公及戰國時期楚國的令尹子玉，就是歷史上有名的反面教材，因好鶴玩物喪志和貪財而丟了性命。〔註 79〕然李廌在其詩作中，以此爲歷史背景告誡世人，將軍柏乃爲凡木，但至少還保留其操守。可畏的是那些居高官之位，卻中飽私囊、企圖福延子孫之人，不爲國效力、不爲君王分憂，如此之人雖掌握權力、錦衣華屋，享盡了榮華富貴，最後亦有可能身敗名裂，最後甚至會導致國破家亡。痛心於見此亂臣賊子於世，不免仍出言規勸，如此收刮民脂民膏，將天下黎民老百姓視爲砧板上的肉，只爲榮華富貴子孫，而朝廷需要的能輔助國君的臣子，勸戒朋友當朝爲官之時，莫成爲國家禍害而遭致君王驅逐，其強烈耿直及豪氣的個性，與

〔註 78〕【宋】李廌：《濟南集》卷一（台北：商務印書館，1975 年），頁 6～7。

〔註 79〕參見蔡曉莉：《論李廌詩歌中的士人精神》（寧夏：寧夏大學，2006 年），頁 10。

儒家濟世之理想相互激盪，才有此豪邁之作。

然而不論身在哪種官職或何處，身爲文人多少仍帶著幾分儒家風骨的氣息，是文人對自己的肯定與自信，恰與松柏檜的富有操守、國家砥柱與身在險惡的環境依舊堅忍不拔的形象相呼應，於是文人雅士詩作之中大多以此爲隱喻的象徵如在〈偃柏〉〔註80〕一文中：

名園氣虛闊，怪柏獨凝偃。

高枝翳浮雲，翻然志飄遠。

赤松來何遲，黃鶴去未返。

蘇武遊虜庭，矜傲何蹇蹇。

朔風吹寒枝。日暮羊在坂。

乃疑高堅材，獨得造化本。

蕭蕭古池上，不與凡木混。

依舊是象徵文人操守與棟樑的「赤松」，對照歲月一去未返的「黃鶴」的對比中洩漏出歲月不擾人的感慨。但詩作中投射著作者感嘆壯志未酬，固有一身好本領卻不得大展抱負，如今時光流逝年歲已高，又不願與世間庸俗同流，於是興起了歸隱之心的心境，其寄託對美好事物的追求，雖爲奇松異柏，生長在險峻浮雲之處，此好比深遠的志氣，如同蘇武被放逐邊塞牧羊一般，就算如此依舊保持文人該有的傲氣。

於黃永武《中國詩學》中〈詩人看松樹中〉提及：「中國思想世界中有貞心、有勁節、有氣質、有前途、有作爲，這種種長處，正與一個受人敬重的君子身份相當。〔註81〕」說明了「松」乃文人思維中，有著崇高的勁節的象徵，自然是《濟南集》中，必定會出現的詩作題材，於詩作中主題中有關「松」字者有二十二首，例如於〈西丘〉〔註82〕中：

西丘對秋風，蕭颯如原隰。

〔註80〕【宋】李廌：《濟南集》卷三（台北：商務印書館，1975年），頁14。
〔註81〕黃永武：《中國詩學——思想篇》（台北：巨流圖書公司，1988年）。
〔註82〕【宋】李廌：《濟南集》卷一（台北：商務印書館，1975年），頁22。

木落景扶疏，碧環天壁立。

餘霞拂暮散，夕鳥寒更急。

獨有松上鶴，不爲鸚鵡粒。

感慨自身無法入朝爲官，於是寄託山林之間，想藉由寬廣的天地來排解心中的鬱悶，卻仍是心繫於無法爲官的遺憾。「獨有松上鶴，不爲鸚鵡粒。」典故取自於杜詩〈秋興八首〉之八的頷聯：「香稻啄餘鸚鵡粒，碧梧棲老鳳凰枝。」此聯費解，因爲香稻無喙可「啄」，碧梧有幹難「棲」；且鸚鵡本無「粒」，鳳凰也無「枝」。於吳景旭《歷代詩話》中，「香稻啄餘香稻粒，鳳凰棲老碧梧之。」此解釋「香稻乃鸚鵡啄餘之粒，碧梧乃鳳凰棲老之枝。」原爲寫渼波風物之美，但渼坡不可能產出鳳凰，於是變向的凸顯出碧梧的可貴，然香稻被鸚鵡啄過更顯可貴之處則不知，又曰形容當時長安物產的豐盛，景物的美麗。然李廌自喻寧爲松上鶴，寧當個有氣節的文人，也不貪戀榮華富貴。

在《濟南集》以檜爲主題的詩作爲五首，乃是因爲「檜、柏」意象略同，故檜的意象混雜出現在以「柏」爲主題的詩作中。「檜」在《爾雅・釋木》：「檜，柏葉松身。」又《翼雅》：「性耐寒，其樹大，可爲棺椁及舟。」以及《詩・衛風》；「檜楫松舟。」故「檜」者，除了爲在建設房屋之時，檜、柏等建材實乃建材之首選，亦是棺椁之首選，因乃木材質地堅硬、又不易有蟲害。又其樹大的形象，爲文人所崇尚之形象，宛如天地之間的樑柱，永不衰敗。而在形象於〈鼎足檜〉〔註83〕有著具體的描述：

巨根盤亘幾百尺，高幹植立參天長。

蕭蕭氣清霜月白，雲根桂子飄秋香。

松陵高士風骨奇，灑然臨流傲滄浪。

油雲委地墨欲滴，霾風拂雨炎天涼。

鄭留執策信秉鉞，軍中舞劍語激昂。

〔註83〕【宋】李廌：《濟南集》卷三（台北：商務印書館，1975年），頁12。

幽林俯見皆樸樕，反視茂質獨蒼蒼。

樂圃先生最珍玩，如神偉象豈等常。

夢松蓋有三公兆，蒼檜鼎峙寧非祥。

檜的高大的意象描述的十分生動，猶如躍然於紙上，樹高聳入雲間，不管多麼艱苦的環境依舊佇立鼎天立地之姿。油綠的枝葉茂盛，可爲人遮風避雨擋霾，比喻著其超然的情操和才能的形象。然在「松、柏、檜」的意象中，李廌是隱喻爲「三公」，是古代中央三種最高官銜的合稱，在周朝時以太師、太傅、太保爲三公。在《書‧周官》：「立太師、太傅、太保，茲惟三公，論道經邦，燮理陰陽。」又《漢書‧百官公卿表序》：「一說以司馬、司徒、司空爲三公。」

從此得知，李廌不光是運用了「松、柏、檜」茂盛、長青、堅韌之意象，更是期許自身能爲支撐著國家的棟樑，也期望自己能上朝爲官。可惜無法成真，於是在詩作中勸戒、警惕宋代文人及自身，該以效仿三者之精神爲準則。可見，李廌堅持愛國思想的精神不餒。

第三節　結語

此章以《濟南集》中之詩作意象爲分析範圍，從前人研究及古籍中，我們了解到詩作意象的研究，已是文學創作相關研究的主要面向之一，則早在劉勰《文心雕龍》中，即有記載關於意象、創作技巧及文學價值的論述。意象就是物象必然要與作者的情感互相融合而後呈現出來，藉由客觀的觀察山川器物、草木鳥獸等，具體的將其描繪並將情感呈現在其中。然宋代文學在中國文學發展史中，是文學由「雅」至「俗」的分水嶺。如嚴羽《滄浪詩話‧詩法》：「學詩先除五俗：一曰俗體，二曰俗意，三曰俗句，三曰俗字，五曰俗韻。〔註84〕」導致宋代文人在用字遣詞逐漸要求了起來。又因當時國家陷入外患邊疆爭戰不斷、內憂朋黨鬥

〔註84〕【南宋】嚴羽撰、郭紹虞校釋：《滄浪詩話》（台北：里仁書局，1987年），頁109。

爭不息，以及因文學改革後，宋人戒浮豔、以文載道、理學抬頭等的各方因素影響下，奠定了以理入詩，詩主寫意及詩中有畫的基礎。

故李廌的詩作中，以寫意、以文載道及詩中有畫爲主。在探考李廌美學中，分爲兩類：一、寫意，二、寫景。寫意的部分，其意象分類以送別詩、緬懷先人、書信詩爲主；李廌詳細的交友狀態以及善於以古喻今手法，借典故人物來寄託心中的愛國理想、文人之責、當官之職的思想的意象呈現。寫景的部分，其意象分類爲山水景色、名勝古剎庭院及詠物詩——竹、菊、黃楊、松、柏、檜爲主。從其中的意象，了解到李廌的創作中，不受限於大時代潮流，在山水、名勝古剎中的詩作創作，亦可主言理，亦可主言情，亦可主寫景記事；詠物詩中，探析到李廌才學深厚的部分，善於歷史典故並以此爲意象的寄託，並延伸其意涵。

因李廌布衣身分的關係，在仕途上不順遂，導致無法展現其愛國思想、儒家淑世精神，和執著於仕途的追求之心與無法實現之情，造就了《濟南集》中豐富的愛國、淑世等意象呈現，亦多元化其原意象的隱射意涵，更豐富了宋代文人的文學創作面向。

第伍章　語言特色

在作者個性、成長背景、社會文化背景等因素影響下，其所創作的詩篇，往往可以呈現詩人獨具個人風格的用字遣詞、筆法等語言特色。在經歷過宋代文學改革——文以載道，面對內憂外患不斷的環境之下，以及有志卻不得大展長才的種種挫折中，促使李廌在思想方面由儒家—道家—歸隱，這三個階段的演變。因而，詩作中所呈現的思想亦會有所不同。於桑塔耶那《美感》之書中所云〔註1〕：

> 詩人也許可以分成兩類：就是音樂家式的，與心理學式的。第一類是以有意義的語言為合聲的大師；他們知道哪些聲調可以在一起與在連續發聲；他們能夠藉各聲音與各意象之排列整理、藉熱情知宣洩與智慧之閃現而從各己有素材中產生無數華麗精妙（brilliant）的效果來。……至於另一種心理學式的詩人們，他們並不從語之內在的精嫺取得效果，而是藉把它更加接近地迎合於各種事務而取得效果。

如桑塔耶那所言，詩人以詩歌歌頌感情，也以詩歌表現語言的實用性，陳述自身的理論。在此論前述中已曾探究李廌詩作中的思想與意象，於是此章將進一步探究其語言特色。由於有著濃厚的儒家思想，其議論文以論述兵法而著名，又善於論述文人之責、為官之職的觀

〔註1〕【西班牙】桑塔耶那著、杜若洲譯：〈語言中的形式〉《美感》（台北：晨鐘出版社，1973年），頁238。

點。於是在借代、隱喻的修辭技巧外，還有其它文學技巧方面的偏好；這是此章所欲處理的地方，故從《濟南集》中，收錄四百二十五首詩，並從中歸納出較爲明顯以及特殊的語言特色。

第一節　類疊

詩人用疊字，可遠溯詩經，如桃夭篇的「桃之夭夭，灼灼其華。」免罝篇的「肅肅免罝，椓之丁丁。」……都是用疊字使詩句有著文字樂音上靈動、靈活的證明，此乃爲重出顯意，一般用字的原則，是避免在一句內或上下句中用同樣的字，在劉勰論述之云：

> 重出者，同字相犯者；詩騷適會，而近世忌同。若兩字俱要，則寧在相犯。故善爲文者，富於萬篇，貧於一字，一字非少，相避爲難也。〔註2〕

但重複的字若使用不當，則會使得詩詞結構疲乏單調，視爲大忌；所以善文者要謹使用爲之，又《竹坡老人詩話》卷二說明之：

> 詩中用雙疊字，易得句類。如水田飛白鷺，夏末囀黃鸝，此李家祐詩也。王摩詰乃云：「漠漠水田飛白鷺，陰陰夏木囀黃鸝。」摩詰四字下得最爲穩切。〔註3〕

然在《竹坡老人詩話》中，提及雙疊字，可以使得在創作詩詞時更易於抓到韻調。兩者皆指出文字技巧上的「類疊」，若使用恰當可豐富句子結構與語調節奏，概論其「類疊」：同一個字、詞、語、句，或連接，或隔離，重複地使用著，以加強語氣，使講話行文具有節奏感的修辭法，叫作「類疊」。然在《竹波老人詩話》中，提及雙疊字，可以使得在創作詩詞時更易於抓到韻調。兩者皆指出文字技巧上的「類疊」，若使用恰當可豐富句子結構與語調節奏，概論其「類疊」：爲重複同一個字、詞、語、句，或連接，或隔離，用以加強語氣，

〔註2〕【南朝梁】劉勰著、劉必錕譯注《文心雕龍注釋．鍊字第三十九》（臺北：臺灣古籍出版社，1996年），頁478。

〔註3〕【宋】周紫芝：《竹坡老人詩話》卷二，收錄於《百部叢書集成之二——百川學海》（台北：藝文印書館，年1965年），頁5。

使講話行文具有節奏感的修辭法，叫作「類疊」。而勞伯・蕭勒士（Robert H. Thouless）在《如何使思想正確》（*How to Think Straight*）一書中曾言：「反復的斷言、堅定確信的口吻、與聲望，是使用暗示方法的演說家三寶。」因此此類的運用若是使用在議論題材上，更能有加強語氣，以及打動讀者心靈的效果。〔註4〕此類的運用若是在議論題材上，更能有加強語氣，以及打動讀者心靈的效果。〔註5〕

然在類疊的用法中，易在重複讀誦語調時，可以架構出空間感，根據桑塔耶那（George Santayana）在《美感》〔註6〕（*The Sense of Beauty*）一書中的說法：

> 構成無限的原始意象乃是空間，也就是劃一中的多數（Multiplicity in Uniformity）。這種意象，因爲其刺激之幅度、體積、與全在（the Breadth, Volume, and Opmnipresence）而具有一種有力的效果。視網膜中的每一個點都受到了同樣的刺激，而且在瞬間同時感覺到了一切事物的位置信號，給了我們模糊懸宕但是赫然有力的感覺，使我們肅然而懾服。

桑氏的分析中，對於「類疊」是建立在視覺刺激的美學基礎，有頗爲清晰的說明。在此要補充的是：桑氏的立論，雖然僅有「構成無限的『原始』意象」，即「空間」而發；但是十分明顯地也適用於構成無限的「後起」意象，即「時間」。〔註7〕綜合以上論述，可知「類疊」的運用，可以加強文字上議論語氣，適用於演說與議論，可更能打動讀者產生心靈共鳴，以及製造出空間與時間感等語言效果。

然在《濟南集》中詩歌創作的語言特色，最先顯著以及給讀者印象深刻的語言特色——「類疊」的用法。於《濟南集》的詩作中，類

〔註4〕參見黃慶萱：《修辭學》（臺北：三民書局，2008年），頁531。

〔註5〕參見黃慶萱：《修辭學》（臺北：三民書局，2008年），頁531。

〔註6〕【西班牙】桑塔耶那著、杜若洲譯：〈語言中的形式〉《美感》（台北：晨鐘出版社，1973年）。

〔註7〕參見參見黃慶萱：《修辭學》（臺北：三民書局，2008年），頁531～536。

疊文字技巧被大量的運用在「空間」的營造。在黃永武《中國詩學——鑑賞篇》〔註 8〕中提及：

> 在時空變化：時間上的變化，用今日與昔日來對映、用今日與來日相對映；或時間的由短而漸長，由長而漸短。在空間上求變化，用大小相襯映，用遠近相襯映；或是由遠寫到近，景物由大物寫到小物，又或者是由近寫到遠，景物是由小物寫到大物，時間的流動，比一幅靜止的畫更易聳動讀者的耳目。

黃永武在《中國詩學》中點出詩作藝術技巧，是在時間上和空間上的變化是用對比來呈現，如從大至小、漸長短之別、今昔對映或遠近相襯，都是營造「空間」最好的方法。作者在創作過程中，透過文字的變化，讓讀者在閱讀的過程中享受到視覺的效果。舉例在《觀日出》詩作創作中，所表現的「空間」描寫〔註 9〕：

> 蒼崖觀出日，依稀自扶桑。
>
> 初如浴咸池，蒼蒼或涼涼。
>
> 漸若賓暘谷，赫赫復煌煌。
>
> 海濱升霞彩，貫地萬丈長。

從太陽升起、陽光灑落之際等的日出景象，到光線由微弱至炫目的變化，精巧微妙的轉變拿捏得十分精準。在文字運用上，藉由「蒼蒼」、「涼涼」、「赫赫」、「煌煌」等，重複地使用著，除了用以加強語氣，更架構出整體空間感，使講話行文更具有節奏感的修辭手法，除了便於朗誦，加深印象之外，根據桑塔耶那（George Santayana）的說法，更有利於構成「空間」意象的形成。於是，觀日出的景象，在文字運用的得宜的情況下，能將李膺所要描繪的景色，更加生動與觸手可及，應運用重複手法以加強聽眾或讀者的印象，憑藉其數大來傳達雄偉合諧之節奏感，根據類疊在美學上的基礎而得到的總則。在詩詞

〔註 8〕黃永武：《中國詩學——鑑賞篇》（台北：巨流圖書公司，1988 年），頁 62。

〔註 9〕【宋】李膺：《濟南集》卷一（台北：商務印書館，1975 年），頁 1。

中，經文字韻調的同一，而擴大語調的和諧；再借由聲音的反覆，增添語勢的雄偉，進而產生語言的節奏感。

又〈送霍子侔還都〉〔註 10〕爲藉由送友之名，實爲傾吐心中經世濟人的理想。利用類疊技巧來加強反復的語氣，此有利於議論，而達到加深語意和印象之效：

眞人造區夏，民瘼傒以蘇。戎衣振不格，力舉覆地盂。
桓桓神武威，自信人未孚。當年群嘯聚，劍立猶稱孤。
天旋地機轉，曠谷吹塤竽。瞳瞳東方日，揚光扶桑隅。
文明燭無疆，煌煌中天衢。曾孫太平君，稽古追唐虞。
求賢用吉士，隱淪來眞儒。股肱協帝躬，腹心懷良圖。
……
法言立定論，章章如璠瑜。專經務篤實，使士知所趨。
欲皆抱道義，如孔丘之徒。士各重良貴，豈若乘風鳧。
亦有倔彊輩，索足行深涂。
……
振振文風聲，得與帝載俱。先生住毗陵，才望振國都。
時方尚雕蟲，如紫色奪朱。獨專性命學，已與眾欲殊。
窮年志專一，立節如仲舒。
……
青雲有伯樂，俯識千里駒。鋒斷吹毛羽，氣節凌轆轤。
究之性天遺，溟海不可料。遂言黼座前，此材誠楠楩。
方今搆大廈，不可同朽株。嘉言沃宸衷，頓首帝曰俞。
汝其姑試之，育士師東吳。東州士氣懦，勁草惟蓬蔞。
循循教不倦，啓發親持扶。義方達遠邇，來學皆奔驅。
瑞鳳止美竹，飛翔鳴高梧。賢哉師道尊，丘軻居魯邾。

〔註 10〕【宋】李廌：《濟南集》卷一（台北：商務印書館，1975 年），頁 7～8。

巍巍數仞牆，深邃不可踰。宗廟百官富，不見空跬跔。

季路在大國，止可治轉輸。古有孟公綽，知宏才有餘。

優于趙魏老，不可爲大夫。皇皇魯聖人，道困將乘桴。

……

行行近清秘，召見延英廬。一言悟明主，欽哉帝云吁。

朕方在潁邸，鄉譽時已憮。何其數年間，下國猶劬劬。

而〈送霍子侔還都〉一詩，爲議論詩，全詩 1058 字，爲送友當官之詩，開頭「桓桓神武威，自信人未孚。」營造出一種威武不能屈之狀、雄心壯志的情溢於言表，猶如孤鷹獨然翺翔於天。陳述完自身感想之後，「曈曈東方日，揚光扶桑隅。文明燭無疆，煌煌中天衢。」——描述著日出東方，陽光灑落於樹梢之際，光線的微妙變化，文句中大量運用「桓桓、曈曈、煌煌、章章、振振、循循、巍巍、皇皇、行行、劬劬」等類疊來搭建出其議論之氣勢並營造出雄壯威武之狀，亦加深其語氣的堅定與更強烈的思想表達。

詩中主旨涵蓋著點出憂國愛國之心，以及仍不忘身爲文人所該抱持之使命，緊接著期許友人，到了朝廷爲官之後，能盡其職責。之後，又繞回自身期盼有朝一日能遇見賞識的伯樂，最後，願朋友能在朝廷上大展身手，豪情奔放的議論著國家之事，卻亦念念不忘自身無法當官的遺憾，但無論如何都心繫著國家大事。

收錄於《濟南集》之中的詩作，幾乎每首皆有其「類疊」的文學技巧呈現，此完全符合李廌「善辯」的才能，不論其作品集中詩作之抒情、詠物、敘事、議論……各類詩體的創作中，皆能見之。在下列各詩作中提取出各例：

悠悠東郭道，莽莽四海志。(〈秋日雜興〉之一)

初如浴咸池，蒼蒼或涼涼。

漸若賓暘谷，赫赫復煌煌。(〈觀日出〉)

杳杳雲際鐘，皎皎松上月。(〈丙子歲三月十有二日，遊嵩山宿峻極中院時，天氣清朗山月甚明，因以陰壑生虛籟月

林散清影爲韻詩各六句〉之六）

松風憩俗駕，撫心愧營營。（〈丙子歲三月十有二日，遊嵩山宿峻極中院時，天氣清朗山月甚明，因以陰壑生虛籟月林散清影爲韻詩各六句〉之九）

桓桓神武威，自信人未孚。
瞳瞳東方日，揚光扶桑隅。
文明燭無疆，煌煌中天衢。（〈送霍子侔還都〉）

惟有炯炯心，從昔常自悟。（〈鹿門寺〉）

墓樹半枯槎，冥冥立晨霧。（〈劉表廟〉）

韡韡常棣華，煌煌駟馬車。（〈故諫議大夫鮮于公欲作新堂以傳世譜名曰卓絕內相先生題其名曰蜀鮮于氏卓絕之堂某以此八字爲韻作八詩蓋鮮于公頃嘗俾某賦之而三子以求其詩故原其古而美其今以頌美之（之三）〉）

在許多詩作中，皆會出現「類疊」，在視覺、聽覺上都有著它實際的用途，類疊的用法，運用到議論詩體上，更能突現其反復的斷言、堅定確信的口吻與聲望，爲使用暗示方法的演講家所採用。類疊手法是運用重複手法以加強聽眾或讀者的印象憑藉其數大來傳達雄偉合諧之節奏感，這是根據類疊在美學上的基礎而得到的總則。

第二節　引用

從修辭學上來看，在語文中引用別人的話或詩詞、成語、俗語等等，來印證、補充、對作照者的本意，藉以增強文章或說話的說服力和感染力，叫作「引用」。

香港中文大學蘇文擢教授於《邃加室講論集》中，在一篇名爲《古典詩用典的原則與方法》的文章中，提到用典的方法。除了明用法、暗用法之外，還有反用法、借用法與化用法。於是又可分一、爲明白點出所引用之文字的出處和來源，應加上引號，在本文上不作任何更動——「明用法」，如佛曰：「放下屠刀，立地成佛。」二、爲用典既是代入，以正面使用爲原則，但有時典故的本身和作者主觀的情志又不能恰如其量，於是從反用中凸顯出主題，其藝術技巧比暗用法較爲靈活——「反用法」。三、爲典故是出於借用，是無而爲有，點鐵成金，其藝術技巧又高出一層次。四、爲引用時，語文義意有所變化，叫作「化用」，化用以不點明出處爲常態。五、爲引用時未指明出處，直接將引文撰寫在自己的詩句或段落中，讓讀者自行探索其箇中別具之意涵。——「暗用法」，如唐人錢起《省試湘靈鼓瑟詩》:「曲終人不見，江上數峰青。」和蘇東坡《江城子詞》，便成:「欲待曲終尋問曲，人不見，數峰青。」黃永武在《唐詩三百首鑑賞》中指出：詩人最常見的是一種心理上的同化作用，當他發現自己所受的痛苦，與歷史上被仰慕的人物的遭遇相同時，將滿腹委屈爲他傾吐，使文章的情境與古文相合，同時也使自己得到慰藉。〔註 11〕

而在引用之文多以典故、故事、成語爲多，就廣義而論，其包括了三方面：一、是用字方面，此字此詞，爲前人用過，而後人續加援用，所謂字有來歷。二、是引用成語或書的原文，在詩作之中，因限於字句，甚爲罕見，多爲文章才有爲之。三、是典故的引用，所謂「捃拾細事，爭疏僻典」，以至於「綜輯故事」，都是指的用典。〔註 12〕在劉勰《文心雕龍・事類第三十八》中記載：

> 事類者，蓋文章之外，據事以類義，援古以證今者也。……。然則明理引乎成辭，爭義舉乎人事。……。夫經典沉深，載籍浩瀚，實羣言之奥區，而才思之神皋也。揚、班以下，莫不取資，任力耕耨，縱意漁獵，操刀能割，必列膏腴。是以將贍才力，務在博見，狐腋非一皮能溫，雞蹠必數千而飽矣。是以綜學在博，取事貴約，校練務精，捃理須覈，

〔註 11〕參見黃慶萱：《修辭學》（臺北：三民書局，2008 年），頁 532～589。
〔註 12〕參見 John Peck& Martin 著、李璞良：《你也是文學批評家》（臺北：寂天文化，2007 年），頁 198。

眾美輻輳，表裡發揮。〔註 13〕

劉勰事類篇中的陳述替用典故建立了理論的基礎，以及說明用典故是出於表達的需求。依此如〈趙玿赴成都府廣都縣尉以送君南浦傷如之何爲韻送之作八首〉〔註 14〕之六：

蜀都蘊奇氣，古今生英儒。

歌童選何武，狗監獻相如。

煌煌直金馬，藹藹侍玉除。

歸入芸香閣，無廢五車書。

讚許蜀都是地靈人傑，孕育古今多少英才，詩中使用明用法，在「狗監獻相如」之中，是引用於《史記・司馬相如列傳》：「蜀人楊得意爲狗監，侍上。」上讀《子虛賦》而善之曰：「朕獨不得與此人同時哉！」得意曰：「臣邑人司馬相如自言爲此賦。」裴駰集解引郭璞曰：「主獵犬也。」司馬相如因狗監薦引而名顯，故後常用以爲典。又唐劉禹錫〈酬宣州崔大夫見寄〉詩：「再入龍樓稱綺季，應緣狗監說相如。」明唐順〈送王生歸〉詩：「狗監誰相薦？成都一布衣。」清孫枝蔚〈送宗鶴問赴貴池訓導任〉詩：「進身繇狗監，相如安足式？」指漢代國家藏書之所。漢班固《兩都賦》序：「內設金馬石渠之署，外興樂府協律之事。」唐劉肅《大唐新語・匡贊》：「聖上好文，書籍之盛事，自古未有……前漢有金馬、石渠，後漢有蘭臺、東觀。」「玉徐」借指朝廷。唐白居易〈答馬侍禦見贈〉詩：「謬入金門侍玉除，煩君問我意何如？」宋楊億〈受詔修書述懷感事三十韻〉：籌議「資金匱，規模出玉除。」又引用「芸香閣」，是想要表達自身是那麼期盼可以自薦自己希望可入芸香閣，一展寒窗苦讀的才學，引用「司馬相如」是布衣身分來自薦，一再再皆是李廌想爲官的期盼與動機。在一首送別朋友的詩句中，就引用了許多典故與意涵來呈現作者的心境與抒發無奈之情。

〔註 13〕劉勰著、劉必錕譯注《文心雕龍・事類第三十八》（臺北：臺灣古籍出版社，1996 年），頁 459～465。

〔註 14〕【宋】李廌：《濟南集》卷一（台北：商務印書館，1975 年），頁 15～16。

同門師兄弟或是朋友大多數都在朝爲官，在送友之時，除了會衷心期盼著友人一步青雲以及一路順風之祝福，但還是不免會抱怨起自己一直無法當朝爲官之感嘆。借用「芸香閣」爲秘書省的別稱，因祕書省司典圖籍，故亦以省中藏書、校書處；凸顯對於無法入朝爲官之心一直耿耿於懷，在《濟南集》詩作中借用了五次，如以下的例句中：

往登芸香閣，編書給階糜。(〈東津夜飲送岑穰彥休赴闕〉)

除書令上芸香閣，中秘校讎專筆削。(〈趙德麟中秋生日〉)

歸入芸香閣，無廢五車書。(〈趙珝赴成都府廣都縣尉以送君南浦傷如之何爲韻送之作八首〉(之六))

同門盡鴛鸞，登瀛校書芸。(〈送杭州使君蘇内相先生某用先生舊詩方丈仙人出渺茫高情猶愛水雲鄉爲韻作古詩十四首〉(之十三))

未校芸閣書，成此石經殿。(〈石經殿〉)

在朝爲官一直是他的人生目標，爲人清廉赤膽爲國、爲民是他的座右銘。於是乎詩中作品關於「政治」的話題，亦數量頗多，其詩作中以〈西丘〉〔註 15〕爲例，闡述高尚清廉的爲官之道與對自身的期許：

西丘對秋風，蕭颯如原隰。

木落景扶疏，碧環天壁立。

餘霞拂暮散，夕鳥寒更急。

獨有松上鶴，不爲鸚鵡粒。

反用杜詩〈秋興八首〉之八的頷聯：「香稻啄餘鸚鵡粒，碧梧棲老鳳凰枝。」因爲香稻無喙可「啄」，碧梧有幹難「棲」；且鸚鵡本無「粒」，鳳凰也無「枝」。在遊歷山林之時，環伺周遭景色，山林空曠、碧山天齊，欣賞著餘霞，冷冽的空氣加速了夕陽時歸巢著鳥兒的腳步。意指世界那麼美好廣大，但世態炎涼，良禽不能棲其良木，朝廷的職位亦難取之，那麼何不爲「松上鶴」獨善其身，也不要爲五斗米折腰。

〔註 15〕【宋】李廌：《濟南集》卷一（台北：商務印書館，1975 年），頁 22。

再者，在賞析詩作時甚至發現在詩題中使用「化用」的技巧，如〈送杭州使君蘇內相先生某用先生舊詩方丈仙人出渺茫高情猶愛水雲鄉爲韻作古詩十四首〉之中的「水雲鄉」。意旨水雲彌漫，風景清幽的地方，或指隱者遊居之地。其意之引用取自宋蘇軾《南歌子・別潤守許仲途》詞：「一時分散水雲鄉，惟有落花芳草斷人腸。」傅干注：「江南地卑濕而多沮澤，故謂之水雲鄉。」宋陸游《秋夜遣懷》詩：「六年歸臥水云鄉，本自無閑可得忙。」胡懷琛《爲湯磷石題鴛湖垂釣圖》詩：「超然絕塵想，寄懷水雲鄉。」例如其詩之十四：

四海李元禮，龍門多俊良。

英英郭有道，一揖遂生光。

畫鷁凌雲波，仙舟水雲鄉。

此心徒皦皦，千里共蒼蒼。

引用唐高祖李淵之十子——「李元禮」，性格恭謙謹慎，善於騎射，有善政的聲譽，太宗爲褒獎他精勤，賜給錦與綾絹，藉以讚賞朋友爲人光明磊落，俊美、氣宇非凡之貌，願可生安居水雲彌漫，風景清幽的地方。在十四首詩中，將「水雲鄉」含意融合在詩中，讓讀者在閱讀時，可以箇中體會出不同的意境。

在詩文方面李方叔，以感慨淋漓，婉暢曲折爲其特色，爲蘇門詩人中極具個人風格之詩人。詩作中，關於羈旅詠物創作大多爲旅途中所完成的。因爲羈旅無定的飄泊的心情，會使人消極或是所見所聞都會蒙上一層蕭瑟的情懷。故詩作中多暗用以「秋風、餘霞、夕鳥、寒泉」來呈現李廌的心境，故其中以「夕」爲最佳寫照之代表，並大量運用在詩作之中：

月生大東，錯落夕嵐。（〈月巖齋詩〉）

千峰掛夕陽，猶指中寺宿。（〈宿峻極中院〉）

十年扁舟興，一夕暫容與。（〈與鄒浩志完會於王希聖家因話毗陵事是夕輒夢還松陵因述夢呈志完〉）

餘霞拂暮散，夕鳥寒更急。（〈西丘〉）

況夫窮年華，朝夕精揀汰。(〈筆溪〉)

蕣華不及夕，柯葉漫成籬。(〈同德麟仲寶過謝公定酌酒賞菊以悲哉秋之爲氣蕭瑟八字探韻各賦二詩仍復相次 八韻某分得哉蕭二字〉)

今知萬松岡，一夕趨北嶺。(〈神松嶺即岳神爲珪禪師一夕自北嶺移者〉)

雲過半山陰，蟬聲夕陽薄。(〈見山岡詩〉)

七夕知何夕，云是牛女期。(〈七夕〉)

豈必朝玄圃，弭節夕瀛洲。(〈足亭張康節南亭也臺數尺亭在其上〉)

夕陽卷旗去翩翩，使君要客登畫船。(〈汝州王學士射弓行〉)

候蟲呻吟而競秋兮，熠燿夕飛而流光。(〈嗟美人詞〉)

羯鼓樓高掛夕陽，長生殿古生青草。(〈驪山歌〉)

在《說文解字》:「夕」爲莫也。从月半見。凡夕之屬皆从夕。字形像半個月亮形。小篆中从月半現在，像黃昏時出現的月亮。均爲象形。其本義爲傍晚，太陽落山的時候，而後轉注爲夜。於〈月巖齋詩〉:「月生大東，錯落夕嵐。〔註 16〕」，影射出李廌感嘆出身爲贊皇之後，卻有著生不逢時的無奈，出生在國局紛擾不休的宋代迫使得他無法一展長才之感傷。「夕」其象徵爲「即將沒落的日陽」，謂可影射爲時間、人生、理想、心志上的沒落。

可見李廌在「引用」技巧中，將自身遭遇與歷史人物與事件串聯起共鳴，實乃爲引用的人、事、地、物皆爲歷史中詳知的案例，於是有著共同記憶庫，進而得以從中抒發心情與讓同樣情況的文人心有戚戚焉。而其又如〈四逸臺〉:「異時常獨飲，對月成三人」，引用了李白〈月下獨酌〉:「舉杯邀明月，對影成三人。月既不解飲，影徒隨我身。」又如「芸香閣」代表著「祕書省」的別稱，即亦代表著求仕途之心；又「狗監獻相如」在古籍中皆有記載其事蹟，其指漢代國家藏

〔註 16〕【宋】李廌:《濟南集》卷一(台北:商務印書館，1975 年)，頁 1。

書之所。此種「引用」的技巧，亦能展現出其才學深厚的底子，並且亦善於引用詞彙來描繪心情意境。

第三節　詩中有畫——色彩鋪陳

蘇軾曾讚許王維的山水詩：「味摩詰之詩，詩中有畫；觀摩詰之畫，畫中有詩。」「詩中有畫」一詞經由東坡提出，做爲美學規律與詩學效果，以稱美王維之詩，實則具備「詩中有畫」者，不獨王維，其實在唐宋詩人不乏其例。乃六朝三唐以來之詩學傳統，只是王維之山水田園圖畫交相輝映，其美學交織較爲顯著突出。〔註 17〕故從此之後奠定了「詩中有畫」的書寫手法。在黃永武《中國詩學——鑑賞篇》之中的說法〔註 18〕：

> 如果說詩是耳聽的風景，說它是時間中的畫圖；或者說詩是視覺的音樂，說他是畫圖的時間。都可以說得通，因爲詩是時空交綜的藝術，而且他不是靜止的時空，是廣狹長短變動的時空。

蘇軾肯定了李廌詩作詩中有畫的特色，然黃永武亦點出詩是耳聽的風景，是時間中的畫圖，更加確認了詩中有畫，是一種文學美學技巧。於是筆者對於《濟南集》中的所用的「顏色」鋪陳與對比，將其歸納出詩集中最常見之色彩運用，嘗試加以探析。列舉以下各詩爲例：

> 環岡繞嶺，紫翠相參。（〈月巖齋詩〉）
>
> 陰磴頑雪積，老崖白雲深。（〈丙子歲三月十有二日，遊嵩山宿峻極中院時，天氣清朗山月甚明，因以陰壑生虛籟月林散清影爲韻詩各六句〉之七）
>
> 蕪城佳氣緬，茂林朱檻開。
> 竹月靜蔭扃，松風綠搖盃。（〈觀文恪王公樂道院巽亭在城

〔註 17〕張高評：《宋詩之傳承與開拓——以翻案詩、禽言詩、詩中有畫爲例》（台北：文史哲出版，1990 年），頁 34。

〔註 18〕黃永武：《中國詩學——設計篇》（台北：巨流圖書公司，1987 年），頁 43。

上下臨淇水〉）

寒煙曉冥冥，白石明齒齒。
黃雀漫多驚，白鷗來自喜。（〈釣渚詩〉）

青青弱草陰，猶能蔭寒魚。
況乃蔥蒨色，百尺映扶疏。（〈臨溪檜〉）

潭潭居紫府，沉沉據華屋。（〈天封觀將軍柏〉）

青秧舞白水，赤日飛紅埃。
霜橙薦紫蟹，水藕浮瓊醅。（〈鄧城道中懷舊時德麟相拉至江北三縣〉）

塞雲委地如潑墨，惡風吹沙變黃黑。
紫髯將軍柳葉甲，銀騣護闌白玉勒。（〈作塞上射獵行〉）

春花富紅紫，黃菊與秋宜。
風勁幽香怯，露晞寒艷滋。（〈秋菊〉）

綠芰紅蕖照眼新，池塘風軟起青蘋。
遠山碧映重林暮，委徑香傳別洞春。（〈過閻氏橋亭〉）

在詩作歸納中，可見所使用的色彩有「紫、青、紅、黃、黑、白」，並且使用於鋪陳詩篇的意境，如繪畫一般渲染。在文字敘述上運用顏色的映襯，會造成視覺上強烈的印象，如〈過閻氏橋亭〉：「綠芰紅蕖照眼新，池塘風軟起青蘋。遠山碧映重林暮，委徑香傳別洞春。」藉由色彩交相層疊，將所見之景如歷歷在目般呈現於文字之上，宛如將過閻氏橋亭的所見呈現於讀者之前，另外於〈鄧城道中懷舊時德麟相拉至江北三縣〉：「青秧舞白水，赤日飛紅埃。霜橙薦紫蟹，水藕浮瓊醅。」將清風中稻秧作物隨風飄舞，天氣晴朗之景呈現的猶如一幅潑墨畫，而詩作中點出「霜橙、紫蟹」不但呈現出時節與當季美食，亦因爲色彩的描繪使讀者亦欲想嚐之，挑起食慾之感。觀看李廌的作品中《德隅齋畫品》爲畫評之總集，收錄了李廌觀畫後的評語，可見其藝術欣賞造詣亦頗佳，於是在創作時，將其藝術角度和素養融入在詩作之中，而造就了令人身入情境及的色彩繽紛的詩作。

第四節　結語

每個詩人都有其獨特的文學特色，然筆者對於《濟南集》所匯集的四百二十五首中，選出幾種較顯著的語言特色，並加以歸納整理。於是歸納出三個面向：類疊、引用、詩中有畫——色彩鋪陳，爲此論主要探討詩作的語言特色，並非《濟南集》中的語言特色過少，而是將研究範圍擇其大面向來做討論。

其語言特色中——類疊，發現爲何此修辭手法使用頻率頗高，乃因李廌善辯的個性所致，因類疊的修辭技巧，若套用到議論題材上，能譜奏出樂音的旋律，並有著加強語氣和加深印象的效果，進而觸動到讀者心靈共鳴，此手法運用在書寫情懷上亦是如此。再者，類疊的運用上，除了加強語氣之外，另可使讀者在讀誦時，因樂音地跳躍而營造出「空間」與「時間」感上的錯覺，於是讀者會隨著作者的描述，一步步地宛如與作者一同在現場般，使詩作不易枯燥，增添讀者閱讀的欲望。

再者，「引用」的部分，爲大多數詩人語言特色之一，然李廌所引用的多爲歷史人物、典故、以及經典詩句。除了增進文學探究深度之外，更是爲了抒發心中鬱悶的情懷。詩人最常見的是一種心理上的同化作用，當他發現自己所受的痛苦，與歷史上被仰慕的人物的遭遇相同時，就將滿腹委曲爲他傾吐，同時也是自己得到慰藉。

最後，詩中有畫——色彩鋪陳的部分，歸納出李廌詩作中，主要的色彩運用——「紫、青、紅、黃、黑、白」，有助於營造出詩中有畫的意境。另一方面，李廌由於喜愛評畫，於是有可能在自身的詩作中增添色彩，豐富景色的描述，以及滿足讀者視覺上的享受。故李廌的語言特色與自身的善辯個性、喜好有關聯。另外，也可從其語言特色中，發現宋代文人對於藝術欣賞的造詣頗佳。在詩歌創作中，考慮到視覺化、聽覺化的效果呈現，不單單讓讀者享受文字之美，甚至是視與聽的美學饗宴。

第陸章　結　論

北宋是一個政治改革的時代，亦是一個儒學復興的時代。宋代之建立，其最重要之歷史意義爲結束唐末五代分裂擾攘之政治，開創文治政府之新局面。我國文治，兩漢肇其端，隋唐繼其後，然實際政權仍以閥閱貴族爲主，至宋始大舉起用寒士，消弭閥閱貴族之特權，而開文治政府之盛世。宋代爲承唐啓後的樞紐，其後的豐富又創新的文學，皆因宋代各家齊放光采，才有如今的豐碩的文學遺產。然亦因宋代紛擾又奇特的政治環境與社會階層變化所致。宋代經濟中心逐漸南移至關中、齊魯、河北等地之後，承襲了古國遺風，其強烈的文化地域特色—民風剽悍、直率、樸實。蘇軾曾言：「東京　、西、河北、河東、陝西五路—蓋自古豪傑之場，其人沈鷙勇悍。」　而李廌身上承襲了此種特質。現存《濟南集》中所存之作品，其風格與蘇軾相近。蘇軾論文，「偶有言及道者」，但「道」，尤其是以道德政教爲主的「道」，並不是他文學思考的中心，反而更具作者主觀趣味的「意」，才是始終貫穿於其文藝理論中的思想網維。由重「道」而尚「意」，其實正是三蘇、尤其是蘇軾爲唐宋古文拓開新宇，並促成北宋中期以後古文轉變、分化的一處重要關鍵。然蘇軾的寫「意」、達「意」觀，又不只表現在文章之上，在學術思想，以及其他藝術領域，如詩、書、畫、棋，乃至音樂、雕塑之上，蘇軾亦莫不以一「意」貫之，而且愈到後來，以「意」貫串所有人文領域、並以互相證成的思維愈加通透而顯豁。要之，蘇軾主要是以藝術、以美學之思維作「文」，而非因「道」、尤其是政治教化之「道」以成「文」，這是他文章最主要的特點。雖然李廌在總體而言，難與歐陽修、蘇軾等大家相提並論，但其文學方面仍有其可貴的開拓。

當時的朝政運作是在儒家復興的文化之下所做的政治調整，復興儒家意味著正人倫、立綱紀、再建文明秩序以整合社會、凝聚人心，此二者在歷史脈絡中相輔相成，開創出新的局面。士人精神亦在二者的交互影響之下呈現嶄新的一面。崇高的道德精神、積極的入世熱情、深慮的憂患意識、曠達的自我超越精神，皆是北宋文人共同的精神特徵。

當時連同其師蘇軾因「烏臺詩案」文字獄的影響下，不同於其他士人之處，李廌乃一介布衣，所以在其表現上較無顧慮之處，其道德精神在詩歌創作當中格外直率與豪氣。在爲官之文人皆驚恐之下，在創作之餘戰戰兢兢，李廌的積極濟世、淑世的精神是由下而上的角度，加上他直言敢爲的性格，以平民的觀點去看待上位者之德行以及對黎民百姓的影響，不同於士大夫站在皇權與百姓之間，因此，其顧慮較與其它門人少，亦無法似他如此單刀直入直言以對。顧慮而在論及李廌放不下手的執著，仍是「功名」之事，於其說李廌執著於名利，觀其出身爲贊皇之後，又是書香名流世家；其思想根深蒂固的認爲唯有當官，才能爲國爲民，若未能如此爲之，必當自己爲無一事處之徒。隨著王安石熙寧變法又一次的失敗，士大夫希望藉由科舉當官進而實現濟世精神的理想破滅，李廌亦經過兩次科舉失落之後，才轉入老莊思想歸於隱逸，並獲得精神上的解脫。

隱逸幾乎可以說與中國的文明發展是同步的，早在堯時已有巢父和許由，然《莊子》中亦記載湯伐夏桀，謀於卞隨，卞隨投水而死。至從夏代產生隱逸後，隱逸這種社會情況就一直持續長達四千年之久，其中尤以宋代最爲興盛，並突顯出其承先啓後的作用。經歷過五代時期的戰亂，隱士對於文學的影響與發展在宋代興盛，隱與仕看似異途，實則有內在聯繫。在隱士方面，是棄絕仕途；在執政方面，則是尊重隱士們「士」的價值。於是在這微妙的自棄與賞識之間，更加促進了隱士的風氣，也因爲多了這股隱流，使得影響了許多文學的發起與創新。文學中隱士的形象是歷史與現實的結合的產物。

隱逸行爲由先秦乃至秦漢南北朝，大抵不脫消極反抗時政、逍遙自適、避亂等模式，只是其方式是溫和的。到了唐代，由唐人尙功利，本來尋求消遙或養眞志的目的於是否有再一次萌發出「求仕」的渴望，使得唐人的隱逸行爲內涵愈形複雜。在中國社會中，仕與隱是知識份子解決其出處進退的思想與行爲方式，自孔子以來，中國傳統知識份子便被塑造成一種固定的生活形象——以參與政治、一展所長、抱負爲生活目標。然相對立場的政治體制、條件卻不一定給與士人參政的機會，一些挫敗的士人基於「有道則現，無道則隱」的原則選擇了以進德修業，之後隱逸則變成了士大夫性格、情操的一部份。

由此可見，李廌在精神方面，上承慶曆士風，下挽元祐精神，其隨著時代潮流而行，可顯而見之。雖然李廌屢試科舉不成，但不同於士大夫有著爲官之顧慮，或是捲入政治鬥爭之中，既使處與隱逸的時期，亦時時懷著憂國憂民之心。

在《濟南集》中之詩作意象上，因當時國家陷入外患邊疆爭戰不斷、內憂朋黨鬥爭不息，以及因文學改革後，宋人戒浮豔、以文載道、理學抬頭等的各方因素影響下，奠定了以理入詩，詩主寫意及詩中有畫的基礎。探考李廌美學中，分爲兩類：一、寫意，二、寫景。寫意的部分，其意象分類以送別詩、緬懷先人、書信詩爲主；寫景的部分，其意象分類爲山水景色、古剎庭院及詠物詩爲主。

而其詩歌創作上，古體詩佔大多數的題裁，四言、五言、六言、七言甚至雜言詩，李廌皆有了嘗試，亦創作大量近體詩，關於語言特色，李廌善於在詩歌中描繪出畫境，並更傾向於將其畫境中的意境渲染開，以及喜愛奇岩怪石等景色爲主題。而在寫景時，如同繪畫工法，講究其畫面的整體架構。詩人在創作其詩作時，將耳朵、眼睛的所見所聞呈現出來，賦予其物像意涵，如同繪畫出心靈的一角，並將其烘托出紙上，然讀者可以意會其中的奧妙，進而抒發出自身的寄托，而與讀者亦產生共鳴。則在語言特色則偏重於「類疊」、「引用」、「色彩鋪成」等的文學運用，以上的技巧運用，可以凸顯出李廌「善辯」的個性，以及對於辯論技巧而言，更能說服讀者，善用其技巧，將能完全呈現作者本身所欲呈現之意。

李廌在北宋文學潮流之中，代表著身爲布衣的文人，卻又遲遲與機會擦身而過的寫照。從《濟南集》中，一再再的提及他自身無法爲官的感嘆，以及雖身爲朝廷之外的人，仍爲國勞心勞力；亦一再勸勉北宋文人不論有無當朝爲官，都該爲國盡一份心力，然更勉勵其當官的友人更該爲國效力，觀照出北宋文人另一面的寫照與心聲；亦其作品的呈現中出北宋文人的詩體、創作理念以及北宋朝政內的混亂，帶給文人之間的爭鬥。使得歷史和文學的洪流中，不斷的破壞與重建，才得以呈現出如此多元化的文化與詩作特徵。後進學者仍可在蘇門與李廌或其相同地位與遭遇之處，做其深度探究。

參考文獻

一、古籍

1. 【西漢】揚雄撰、汪榮寶疏：〈問神篇第六〉《法言意疏》卷十八（上海：世界書局股份有限公司，1958 年）。
2. 【晉】陶淵明撰、溫洪榮著：《新譯陶淵明集》（台北：三民書局，2002 年）。
3. 【南朝梁】劉勰著、周振甫注《文心雕龍注釋》（台北：里仁書局，1994 年）。
4. 【唐】李延壽：《南史》卷七十四（上海：中華書局，1997 年）。
5. 【唐】姚思廉：《梁書》卷五一（台北：鼎文書局，1975 年）。
6. 【宋】王直方撰、郭紹虞輯：《宋詩話輯佚》（北京：中華書局，1980 年）。
7. 【宋】朱弁撰：《風月堂詩話》，收錄於《百部叢書集成之一八——寶顏堂祕笈》第十五函（台北：藝文印書館，1965 年）。
8. 【宋】李廌撰：孔凡禮點校：《師友談記》（北京：中華書局，2002 年）。
9. 【宋】李廌撰：《德隅齋畫品》收編於《文津閣四庫全書》卷第二六九冊子部（北京：商務印書館，2005 年）。
10. 【宋】朋九萬撰：《東坡烏臺詩案》，收錄於《百部叢書集成之二七——函海》第一函（台北：藝文印書館，1968 年）。
11. 【宋】馬永卿撰、【宋】俞鼎、【宋】孫俞經編、嚴一萍選輯：《嬾眞子錄》卷二，收錄於《百部叢書集成之一——儒學警悟》（台北：藝文印書館，1965 年）。

12. 【宋】紹浩撰、王雲五主編：《坡門酬唱集》（台北：商務印書館，1977年）。
13. 【宋】陸游撰、李劍雄、劉德權點校：《老學庵筆記》卷十（北京：中華書局，1979年）。
14. 【宋】張邦基：《墨莊漫談》卷二，收錄於《百部叢書集成——稗海》（台北：藝文印書館，1965年）。
15. 【宋】陳振孫撰、王雲五編：《直齋書錄解題》（台北：商務印書館，1978年）。
16. 【宋】葉夢得：《石林詩話》卷中，收錄於《百部叢書集成之二——百川學海》第九函（台北：藝文印書館，1965年）。
17. 【宋】蘇軾撰、孔禮凡點校：《蘇軾文集》（北京：中華書局，1996年）。
18. 【宋】蘇軾撰、孔禮凡點校、【清】王文誥輯注：《蘇軾詩集》（北京：中華書局，1982年）。
19. 【南宋】陳亮：《蘇門六君子文萃》一書收錄於王雲五主編：《四庫全書總目》卷一八七，（上海市：商務，2002年）。
20. 【南宋】葉紹翁撰《四朝聞見錄》（北京：中華書局，1997年）。
21. 【南宋】劉義慶：《世說新語·簡傲》（臺北：智揚出版社，2002年）。
22. 【南宋】魏了翁：《鶴山集》卷六十，收錄於《文淵閣四庫全書》第1173冊（台北：臺灣商務印書館，1983年）。
23. 【南宋】嚴羽撰、郭紹虞校釋：《滄浪詩話》（台北：里仁書局，1987年）。
24. 【元】脱脱等撰、王雲五主編：《宋史》（台北：台灣商務，2010年）。
25. 【元】脱脱撰、王雲五主編：《宋史藝文志》（台北：台灣商務，1966年）。
26. 【明】王夫之：《薑齋詩話》（上海：古籍出版社，1927年）。
27. 【明】胡應麟：《詩藪》（上海：古籍出版社，1979年）。
28. 【明】陶宗儀、《說郛》收錄於《文淵閣四庫全書》，第877冊（台北：台灣商務印書館，1986年）。
29. 【清】李重華撰、丁仲祐輯：《貞一齋詩說》收錄於《清詩話》（台北：藝文印書館，1977年）。
30. 【清】沈德潛：《說詩晬語》（上海：古籍出版社，1965年）。
31. 【清】袁枚：《隨園詩話》（台北：廣文，1970年）。
32. 【清】陸心源：《宋詩紀事遺補·凡例》（台北：鼎文，1971年）。

33. 【清】厲鶚：《宋詩紀事・序》（台北：鼎文，1971 年）。
34. 【年代不詳】張戴：《張戴集》（北京：中華書局，1978 年）。

二、專書

1. 孔凡禮：《三蘇年譜》（北京：北京古籍出版社，2004 年）。
2. 王國纓：《中國山水詩研究》（台北：聯經出版社，1992 年）。
3. 杜松柏：《詩與詩學》（臺北：洙泗出版社，1991 年）。
4. 沈松勤：《北宋文人與黨爭——中國士大夫群體研究之一》（上海：人民出版社，1998 年）。
5. 林燕玲：《古代歷史文化研究輯刊第十七冊 足崖壑而志城闕——談唐代士人的眞隱與假隱》（台北：花木蘭文化出版社，2009 年）。
6. 胡雪岡著：《意象範疇的流變》（南昌：百花洲文藝出版社，2001 年）。
7. 孫望、常國武主編：《宋代文學史》（北京：人民文學出版社，2006 年）。
8. 高雄義堅著、陳季菁譯：《宋代佛教史研究》（台北：華宇出版社，1987 年）。
9. 張高評：《宋詩之新變與代雄》（台北：洪葉文化，1995 年）。
10. 張高評：《宋代詩派敘錄》（國立成功大學中文系：行政院國家科學委員會專題研究計畫成果，1993 年）。
11. 張高評：《宋詩之傳承與開拓——以翻案詩、禽言詩、詩中有畫爲例》（台北：文史哲出版，1990 年）。
12. 張高評撰、國立臺灣大學中國文學研究所編：〈宋詩與翻案〉《宋代文學與思想》（台北：台灣學生，1989 年）。
13. 陳寅恪：《陳寅恪先生文集》（臺北：里仁書局，1982 年）。
14. 傅璇琮主編：《全宋詩》（北京：北京大學古文獻研究所，1991 年）。
15. 鄔昆如：《人生哲學》（台北：五南圖書出版有限公司，1987 年）。
16. 葉嘉瑩：《迦陵詩話》（臺北：三民書局，1993 年）。
17. 黃永武：《中國詩學——設計篇》（台北：巨流圖書公司，1987 年）。
18. 黃永武：《中國詩學——思想篇》（台北：巨流圖書公司，1988 年）。
19. 逯欽立輯錄：《先秦漢魏晉南北朝詩》下冊（臺北：木鐸出版社，1988 年）。
20. 曾祖蔭：《中國古代美學範疇》（台北：文津出版社，1987 年）。
21. 黃慶萱：《修辭學》（臺北：三民書局，2008 年）。

22. 葉慶炳：《中國文學史》（台北：台灣學生書局，1997 年）。
23. 齊治平：《唐宋詩之爭概述》（長沙：嶽麓書社，1984 年）。
24. 劉伯冀：《宋代政教史》（台北：台灣中華書局，1970 年）。
25. 劉文剛：《宋代的隱士與文學》（四川：四川大學出版社，1992 年）。
26. 鄭樹森：《現象學與文學批評》（台北：東大圖書公司，2004 年）。
27. 歐麗娟：《杜詩意象論》（台北：里仁書局，1997 年）。
28. 韓兆琦：《中國古代隱士》（台北：台灣商務，1998 年）。
29. 羅竹風：《漢語大詞典》（台北：東華書局股份有限公司，1997 年）。
30. 【日】平田茂樹著、林松濤、朱剛等譯：《宋代政治結構研究》（上海：上海古籍出版社，2010 年）。
31. 【西班牙】桑塔耶那著、杜若洲譯：〈語言中的形式〉《美感》（台北：晨鐘出版社，1973 年）。

三、碩博士論文

1. 任美林：《李（廌）及《濟南集》研究》（陝西：西北大學，2009 年）。
2. 陳云芊：《李廌研究》（南充：西華師範大學，2005 年）。
3. 曹麗：《李廌研究》（浙江：浙江大學，2007 年）。
4. 張瑋儀：《元祐遷謫詩作與生命安頓》（台南：國立成功大學中國文學系，2009 年）。
5. 蓋琦紓：《蘇門與元祐文化》（台北：國立台灣大學中國文學研究所，2002 年）。
6. 蔡曉莉：《論李廌詩歌中的士人精神》（寧夏：寧夏大學，2006 年）。

四、期刊論文

1. 王次澄〈南朝詩的修辭特色〉，《古典文學》第 4 期（台北：台灣學生書局，1982 年）。
2. 祁琛云：〈蘇軾與李廌師友關係論析〉，《青島大學師範學院學報》第 26 卷第 3 期（青島：青島大學師範學院，2009 年）。
3. 張高評：〈北宋讀詩詩與宋代詩學——從傳播與接受之角度切入〉，《漢學研究》第 24 卷第 2 期（台北：漢學研究中心，2006 年）。
4. 張高評：〈蘇軾遷謫與山水紀遊詩之新變——兼論道家思想與生活安頓〉，《中國蘇軾研究》第一輯（北京：學苑出版社，2004 年 7 月）。
5. 喻世華：〈論蘇軾的爲師之道——以李廌爲例〉，《河南科技大學學報》第 30 卷第 2 期（河南：河南科技大學，2012 年）。

6. 楊勝寬：〈君子之人，相勉於道——論蘇軾與李廌的二十年師友情〉，《黃岡師範學院學報》第 22 卷第 1 期（湖北：黃岡師範學院，2002 年）。
7. 趙國蓉：〈蘇軾與李廌關係考〉，《中山中文學刊》第 5 期（高雄：國立中山大學中國文學系，1999 年）。
8. 劉朝明：〈蘇軾洩題李廌考辨〉，《文與哲》第 18 期（高雄：國立中山大學中國文學系，2011 年）。
9. 錢健狀：〈蘇軾元祐三年科場舞弊——兼論李廌落第原因〉，《浙江大學學報》第 38 卷第 3 期（浙江：浙江大學，2008 年）。
10. 蕭瑞峰、劉成國：〈「詩盛元祐」說考辨〉，《文學遺產》第二期（河北省：中國社會科學文學研究所，2006 年）。
11. 薛端生：〈蘇門、蘇學與蘇體〉，《文學遺產》第五期（河北省：中國社會科學文學研究所，1988 年）。

五、電子書、網站資料

1. 【宋】周紫芝：《太倉梯米集》卷六十六，收錄於《書月巖集後》《文淵閣四庫全書電子版》（香港：迪志文化，2006 年）。
2. 【南宋】羅大經：《鶴林玉露》卷十五，收錄於《文淵閣四庫全書電子版》（香港：迪志文化，2006 年）。
3. 【清】愛新覺羅玄燁：《御定全唐詩．序》收錄於《文淵閣四庫全書電子版》（香港：迪志文化，2006 年）。
4. 朱鳳珠網路展書讀：《網路展書讀——宋詩》（中壢：元智大學，1999 年）http://cls.hs.yzu.edu.tw/QSS/HOME.HTM。

附　錄

表一、送友詩

詩　　名	卷 數	頁　數
〈釣渚詩〉	卷一	頁 5
〈送霍子侔還都〉	卷一	頁 7～9
〈岑使君牧襄陽受代還朝，某同趙德麟、謝公定、潘仲寶皆餞於八疊驛酒中，以西王母所謂山川悠遠白雲自出，相期不老尚能復來，各人分四字爲韻以送之，某分得相期不老〉四首	卷一	頁 13
〈趙炤赴成都府廣都縣尉，以送君南浦傷如之何，爲韻送之，作八首〉	卷一	頁 15～16
〈送杭州使君蘇內相先生時，舊時詩方丈仙人出渺茫高情，猶愛水雲鄉爲韻作古詩十四首〉	卷一	頁 18～19
〈送元聖庾縣丞之官泉南〉	卷二	頁 4
〈東津夜飲送岑穰彥休赴闕〉	卷二	頁 14～15
〈送李德載公輔之宣城，王子敏遹之寧陵，秦少章之仁和〉	卷二	頁 16
〈送王仲求〉	卷二	頁 16
〈送秦少章〉	卷二	頁 17
〈邊城四時曲送盛瑋東玉之官平涼〉	卷三	頁 14～15
〈送黃集虛赴任知州〉	卷四	頁 21
〈送元勛不伐侍親之官泉南八首〉	卷四	頁 31～32
〈送蘇伯達之官西安七首〉	卷四	頁 32～33

總計 49 首。

表二、山水景色

詩　　名	卷數	頁　數
〈西郊〉	卷一	頁 4～5
〈觀文恪王公樂道院巽亭在城上下臨漠水〉	卷一	頁 5
〈西丘〉	卷一	頁 22
〈同德麟諸公觀秋風閣自賦詩臺乘月汎江〉	卷二	頁 1～2
〈又九月十四日登秋風閣，以餘霞散成綺澄江靜如練爲韻，分得餘靜二字〉二首卷二	卷二	頁 2
〈神松嶺即岳神爲珪禪師一夕自北嶺移者〉	卷二	頁 3
〈德麟約游西山某自鄺來會行李阻脩成此詩〉	卷二	頁 3～4
〈過具茨諸山始達嵩少〉	卷二	頁 7～8
〈登嵩頂〉	卷二	頁 8
〈曉發鄧城和德麟韻〉	卷二	頁 12
〈鄧城道中懷舊時德麟相拉至江北三縣〉	卷二	頁 13
〈太華〉	卷二	頁 14
〈石棧河在洪閘〉	卷二	頁 25
〈己卯春許昌湖上酬王實仲弓作〉	卷二	頁 30
〈黃河〉	卷三	頁 5
〈自陝州渡黃河歌〉	卷三	頁 6
〈上林道〉	卷三	頁 6
〈回心嶺〉	卷三	頁 7
〈趙令畤德麟作襄陽從事，丁丑季冬出行南山三邑，某同謝公定、曾仲成、潘仲寶攜酒，自大悲寺登舟過峴山宿鹿門，明日復自峴首目送緣絕壁而往上船，山下相與酌酒而去德麟賦詩次韻和之〉	卷三	頁 9
〈無渡河〉	卷三	頁 15～16
〈東湖詩〉	卷三	頁 25

詩　名	卷數	頁　數
〈同張公碩梅耕，道訪董畸老郊居〉	卷四	頁 1～2
〈秋郊〉	卷四	頁 2
〈出城〉	卷四	頁 2
〈秋山〉	卷四	頁 2
〈寂歷古關道二首〉	卷四	頁 2
〈秋曉〉	卷四	頁 4
〈過昆陽城〉	卷四	頁 13
〈和錢之道遊虎丘二首〉	卷四	頁 13～14
〈宿大賈村僧寮〉	卷四	頁 14
〈嵩頂六月芍藥初發〉	卷四	頁 17
〈從德鄰至鄧城，訪魏道輔故屋懷道符〉	卷二	頁 19
〈又過陳叔易隱居相拉同遊超化寺詩〉	卷四	頁 22
〈將至嵩山遠觀瀑布〉	卷四	頁 24
〈和人游嵩韻〉	卷四	頁 24
〈臨穎縣〉	卷四	頁 28
〈渼陂〉	卷四	頁 30～31
〈德麟以書相招云，已與潘仲寶在中廬，可自酇來同游靈溪、石門雙池等勝處某作六詩率張會川作〉六首	卷四	頁 34～35
〈雪中汎漢江呈德麟〉	卷四	頁 36
〈將至酇城和德麟韻〉	卷四	頁 36
〈曉至長湖戲贈德麟〉	卷四	頁 36
〈鄧城道中懷舊時德麟相拉至江北三縣〉	卷二	頁 12～13
〈和李端叔大夫從參寥子游許昌西湖十絕〉	卷四	頁 36～38
〈興安道中雪晴見群山偶成〉	卷四	頁 39

總計 85 首。

表三、名勝古剎

詩　　名	卷數	頁　數
〈丙子歲三月十有二日，遊嵩山宿峻極中院時，天氣清朗山月甚明，因以陰、壑、生、虛、籟、月、林、散、清、影爲韻詩各六句〉十首	卷一	頁 3
〈宿峻極中院〉	卷一	頁 3
〈鹿門寺〉	卷一	頁 10～11
〈四逸臺〉	卷一	頁 11
〈關侯廟〉	卷一	頁 11
〈白馬寺詩〉	卷一	頁 11
〈華嚴庵〉	卷一	頁 11～12
〈劉表廟〉	卷一	頁 13
〈汝華巖〉	卷一	頁 18
〈雨中宿超化寺〉	卷一	頁 20
〈遊超化寺〉	卷一	頁 20～21
〈夫人城〉	卷一	頁 22
〈啓母廟〉	卷一	頁 24
〈見山崗詩〉	卷二	頁 6
〈三醉石詩〉	卷二	頁 6
〈習家池詩〉	卷二	頁 6
〈習鑿齒宅〉	卷二	頁 6
〈龐德公宅詩〉	卷二	頁 6
〈天門泉詩〉	卷二	頁 13
〈大木山〉	卷二	頁 19
〈谷隱寺〉	卷二	頁 22
〈鳴琴泉〉	卷二	頁 26
〈文選樓〉	卷二	頁 30
〈少華山〉	卷三	頁 7
〈眞君觀〉	卷三	頁 17

詩　　名	卷數	頁　數
〈崇福宮〉	卷三	頁 19
〈顏魯公祠堂詩〉	卷四	頁 9～10
〈大雨中遊嶽寺	卷四	頁 15
〈雨中游法王寺詩〉	卷四	頁 18
〈少林寺詩〉	卷四	頁 18
〈過閻氏橋亭〉	卷四	頁 19
〈謁中嶽祠〉	卷四	頁 23
〈遊寶應寺〉	卷四	頁 25
〈題孔氏東園三首〉	卷四	頁 30
〈觀音亭〉	卷四	頁 31
〈綠鴨亭〉	卷四	頁 31
〈竹亭詩〉	卷四	頁 31
〈題峻極下院列岫亭詩〉	卷四	頁 35
〈飛閣〉	卷四	頁 40
〈未曉出雙池小雪作〉	卷四	頁 40
〈瓦廟〉	卷四	頁 40
〈化霽景樓〉		

總計 53 首。

表四、緬懷先人

詩　　名	卷數	頁　數
〈伍子胥廟〉	卷一	頁 12
〈題廟〉	卷一	頁 12
〈求志書院詩四首陳師道履常之所居也〉四首	卷二	頁 9
〈孟浩然故居〉	卷二	頁 18
〈李良相清德碑良相百藥四世孫也天寶中爲尉氏令邑人立此碑〉	卷二	頁 19
〈阮步兵廟〉	卷二	頁 19

詩　　名	卷數	頁　數
〈蔡澤廟〉	卷二	頁 19～20
〈羊叔子廟〉	卷二	頁 20
〈杜元凱廟〉	卷二	頁 20
〈題蔡君謨墨蹟〉	卷二	頁 22～23
〈嘯臺〉	卷二	頁 23
〈封禪碑〉	卷二	頁 30
〈范蜀公挽詩〉十章	卷四	頁 6～7
〈光祿朱卿挽詞〉十首	卷四	頁 7～8
〈商高宗陵廟詩〉	卷四	頁 14
〈厄臺〉	卷四	頁 14
〈哀都官王申〉	卷四	頁 14～15
〈習池詩〉	卷四	頁 18
〈表高氏石公之墓〉	卷四	頁 20
再領玉局東坡，在翰林作詩送戴蒙有玉局，他年第幾人之句後，自嶺外歸遂領玉局予復官，亦得之坡今亡矣悵然有懷〉	卷四	頁 22～23
〈孔北海堂〉		

總計 42 首。

表五、詠物詩

詩　　名	卷數	頁　數
〈黃楊林詩〉	卷一	頁 6
〈臨溪檜〉	卷一	頁 6
〈天封觀將軍柏〉	卷一	頁 6～7
〈百葉梅〉	卷一	頁 22
〈施柏花〉	卷一	頁 25
〈偃柏〉	卷一	頁 22

詩　名	卷數	頁　數
〈霹靂琴〉	卷一	頁 22
〈搗帛石〉	卷二	頁 3
〈同德麟、仲寶、過謝公定酌酒賞菊，以悲哉秋之，爲氣蕭瑟八字探韻各賦二詩，仍復相次八韻某分得哉蕭二字〉八首	卷二	頁 3～4
〈寶幹山茶〉	卷二	頁 10
〈薙草〉	卷二	頁 20
〈啄木鳥〉	卷二	頁 30
〈琴臺〉	卷三	頁 6～7
〈千齡檜〉	卷三	頁 11
〈鼎足檜〉	卷三	頁 12
〈樛枝檜〉	卷三	頁 12
〈冽泉亭詩〉	卷三	頁 24～25
〈對春二首〉	卷三	頁 25
〈鍾山鐘〉	卷三	頁 28
〈方竹杖和功遠〉	卷四	頁 1
〈秋菊〉	卷四	頁 2
〈秋鶯詩〉	卷四	頁 3
〈秋蝶〉	卷四	頁 4
〈秋溪〉	卷四	頁 5
〈鏡屏詩二首〉	卷四	頁 15
〈諸葛菜〉	卷四	頁 24
〈春日即事九首〉	卷四	頁 27
〈雪〉	卷四	頁 27
〈楊花詞三首〉	卷四	頁 28
〈次韻秦少章蠟梅〉	卷四	頁 34

總計 47 首。

表六、書信詩

詩　　名	卷數	頁　數
〈次和答張闇寄靈壽杖〉	卷一	頁 22～23
〈會居易齋分韻〉	卷一	頁 24
〈答周行己相贈行己端愼太學諸生忌之〉	卷二	頁 6～7
〈曹華國之子贈詩次韻答之〉	卷二	頁 15
〈同仲寶風雨中過德麟留宿，以夜未央爲韻，分得未字，并和二公夜央字韻〉三首	卷二	頁 22
〈廌寓龍興仁王佛舍德麟、公定、道輔、仲寶攜酒希納涼聯句十六韻〉	卷二	頁 29～30
〈次韻答張闇張閣見寄〉	卷三	頁 8
〈謝公定所寶蕃客入朝圖，貞觀中閻立本所作，筆墨奇古，許贈趙德麟而未予，廌作此詩取以送德麟〉	卷三	頁 9～11
〈盧泉之水次韻晁克民贈隱人〉	卷三	頁 13
〈胡爲乎行贈丘公美〉	卷三	頁 22～23
〈趙德麟中秋生日〉	卷三	頁 23～24
〈戲贈史次仲〉	卷四	頁 3～4
〈和次仲硯詩〉	卷四	頁 5
〈和二兄書事三首〉	卷四	頁 15～16
〈和鄭十三東齋言事二首〉	卷四	頁 16
〈答孔槼處度見贈〉	卷四	頁 16～17
〈謝王生贈弓矢〉	卷四	頁 19
〈楊元忠和葉祕校臘茶詩相率偕賦〉	卷四	頁 21～22
〈友人董耘饋長沙貓筍，廌以享太史公太史公，輒作詩爲貺，因筍寓意且以爲贈耳，廌即和之，亦以寓自興之意，且述前相知之情焉〉	卷四	頁 24～25
〈王子立寄三絕句云，常詣夏頤吉卜云，宜見君子子立作詩廌次韻〉三首	卷四	頁 39

總計 22 首。